공원 사수 대작전

공원 사수 대작전

황두진

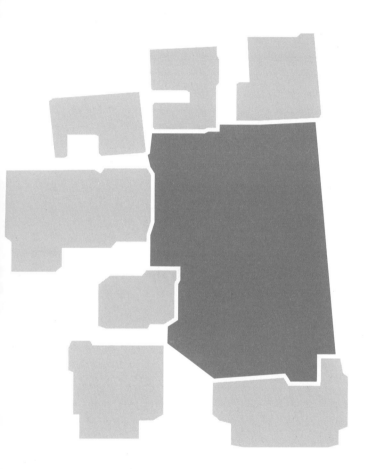

통의동 마을마당을 구해낸
사람들의 기록

반비

추천의 말

이 책을 끝까지 읽어내리고 나는 한 번도 가본 적이 없는 서촌의 작은 공원을 깊이 사랑하게 되었다. 이 책 속엔 그 공원을 지키기 위해 뜨겁게 싸운 사람들의 이야기가 가득하다. 쉽게 망쳐지는 작고 귀한 것들을 지키려는 마음이 모여 세상은 모래알만큼씩 더 살 만한 곳이 된다. 소중한 것들이 부디 사라지지 말고, 곁에 오래도록 머물러줬으면.

―임이랑(디어클라우드, 『아무튼, 식물』 저자)

황두진 소장님이 동네 공원을 구하기 위해 '책 듣는 밤' 행사를 하자고 제안하셨을 때 흔쾌히 응했지만, 하기 전까지는 '지키면 좋겠지'를 벗어나지 못했다. 그러나 그날의 경험으로 그 공원은 '내 공원'이 되었다. 겨우 한 뼘의 공간. 그곳에 얽힌 깊고 내밀한 역사를 들으며, 차근차근 파고들고 행동한 이에게 그 공원의 의미는 얼마나 각별할까 생각한다. 공부하는 사람의 싸움은 이런 것이구나, 각별하게 배운다.

―박사(칼럼니스트, 『가꾼다는 것』 저자)

'진정성'이라는 말을 좋아하지도 믿지도 않는 나는, 정치적 목적이 없는 사람만이 진영을 아우르며 상대방을 움직일 수 있다고 생각한다. 통의동 마을마당 구하기는 다양한 시민으로부터 물심양면의 참여를 이끌어낸 덕분에 '지속가능한 운동'으로 발전할 수 있었다. 이 책이 많이 읽혀서, 공공재인 공원이 없어질 뻔한 위기가 다시는 생기지 않기를, 행여 생긴다 해도 개인들의 희생을 통한 것이 아닌 시스템 자체 내의 자정적 힘에 의해 바로잡힐 수 있기를 바란다.

—김정윤(오피스박김 대표, 하버드 디자인대학원 조경학과 교수)

지도

청와대가 산 민간 건물

통의동 마을마당

경복궁

배화여대

사직공원

헌법재판소

광화문

안국역

경복궁역

종로구청

나두 나두 © 한창민

들어가는 글

이 책은 2010~2011년과 2016~2019년, 두 차례에 걸쳐 대한민국 서울특별시 종로구 통의동 7-3번지에 위치한 통의동 마을마당이라는 작은 공원에 일어났던 일들의 기록이다. 두 번에 걸쳐 이 작은 공원을 시민들로부터 빼앗으려는 시도가 있었다. 두 번 모두 바로 인근의 청와대와 관련이 있었다. 그때마다 한 무리의 사람들이 달려들어 기어코 그것을 막아내려고 했다. 이 책에서 '공사모(공원을 사랑하는 시민 모임)'라고 부르는 사람들이 바로 그들이다. 나도 그중 하나다. 나는 2002년부터 이 공원 옆의 '목련원'이라는 곳에 집과 사무실을 함께 두고 있던, 직접적 이해당사자 중 한 명이었다. 물론 나와 공사모 말고도 수많은 사람들의 역할과 참여가 있었다.

나는 이 책을 통해 공원을 지켜낸 과정의 기록자가 되고자 한다. 이 책은 기본적으로 나의 기록이지만, 공사모의 기록이고, 나아가 당시 한국 사회의 기록이기도 하다. 등장인물 중 공인(公人)이라고 생각되는 사람들의 이름은 실명으로 쓴다. 여기서 공인의 기준은 공직을 갖고 있거나 그에 준하는 활동을 하는 사람을 의미한다. 나머지 사람들의 이름은 적절하다고 판단되는 선에서 실명과 가명을 섞을 것이며, 가명인 경우 그 사실을 밝히겠다.

이 책을 쓰면서 그동안 실시간으로 축적해온 기록이 큰 도움이 되었다. 사진 자료는 대부분 구글 포토에 저장해두어 날짜와 장소별로 쉽게 검색이 가능했고, 그날그날 한 일은 컴퓨터 캘린더에 적어놓았다. 공사모의 단체채팅방에서 나눈 이야기 또한 다운로드를 해두었다. 각종 기고문이나 신문 기사 등도 따로 보관했음은 물론이다. 기억이 정확하지 않거나 기록이 빠져있는 경우에는 인터넷으로 다시 검색했다. 현장에 걸려있던 현수막, 시민들의 귀중한 서명이 담겨 있는 서명록, 포스트잇에 남겨진 시민들의 메시지, 나무에 걸려있던 리본들도 버리지 않고 모아두었다. 언젠가 이 원본 자료들 또한 한 시대의 공공기록으로서 인정받기를 기대한다.

통의동 마을마당에 일어났던 일들은 결국 잘 마무리되었다. 애초에 이 공원을 만든 서울시가 구원투수로 나선 것이다. 전체 과정으로 보면 소유권이 서울시에서 청와대로, 청와대에서 개인으로, 다시 개인에서 서울시로 옮겨갔지만, 그동안 공원으로서의 기능이 정지된 적은 없었으므로 대부분의 사람들은 이런 일이 일어났는지도 모를 것이다.

이 글을 쓰고 있는 지금 그 손바닥만 한 공원에는 재조성 공사가 한창이다. 이 일이 마무리되면 사람들의 발길이 다시 늘어날 것이며 나무들은 어김없이 다음 계절을 준비하고 있

을 것이다. 다시 개방된 경복궁 영추문을 통해 드나드는 수많
은 사람들도 길 건너 이 공원을 찾을 것이다. 그간의 일들이
다시는 발생하지 않기를 바라며, 그러기 위해서 내가 할 수
있는 일은 자세한 기록을 남기는 것이라는 생각에서 이 책을
쓴다.

2019년 10월 목련원에서
황두진

차례

1부.
동네 공원 구하기

1장. 통의동 마을마당이 팔리다

2장. 통의동 마을마당을 되찾다

1부.
동네 공원 구하기

1장. 통의동 마을마당이 팔리다

시드니에서 받은 문자 한 통

시드니의 하늘은 맑았다. 2016년 10월 21일 금요일, 바야흐로 남반구의 여름이 시작되려던 참이었다. 일광절약시간제가 이미 10월 초부터 시작되어 호주는 한국보다 두 시간 더 빨랐다. 숙소인 쿠지 해안에서 버스를 타고 시드니만으로 향했다. 시내에서 봤을 때 시드니만은 '양지바른' 북쪽에 있다. 구글 지도를 이용하여 외국에서 버스를 타본 것은 처음이었는데 누구에게 길을 물을 필요조차 없었다.

　마음이 더없이 상쾌했다. 환태평양 일대 네 개 도시의 네 개 대학을 순회하는 강연 여행을 막 마친 참이었다. 무려 2주간에 걸친 강행군이었지만 모든 것이 순조로웠다. 컨디션도 문제가 없었고, 강연도 모두 잘 마쳤다. 태국 건축계의 신성인 분섬 프렘사다(Boonserm Premthada), 건축계의 노벨상이라 불리는 프리츠커 상의 심사위원장인 글렌 머컷(Glen Murcutt) 등 중요한 사람들도 많이 만났다. 이렇게 할 일을 다 마친 나는 느긋한 기분으로 하루를 쉴 참이었다.

그 전날 강연을 했던 뉴사우스웨일스대학의 싱 루안(Xing Luan) 교수가 알려준 대로 서큘러 키에서 페리를 타고 시드니만을 한 바퀴 돌았다. 시드니 오페라하우스의 단체 관람을 예약하고서 시간도 때울 겸 드넓은 전면 계단에 걸터앉았다. 하늘이 조금씩 흐려지고 있었다. 문자가 온 것은 그때였다. 아내였다. 어지간해서는 내 출장 때 전화나 문자를 잘 하지 않는 사람이다. 집에 무슨 일이 있나? 혹시 어머니가 아프신가? 하지만 전혀 다른 이야기가 나왔다.

"우리 동네 공원, 청와대가 민간인에게 팔았대요."

구글 포토에 남아있는 당시 사진 기록을 보면 그 시간 이후에도 나는 별다른 동요 없이 그날 하려 했던 일들을 다 한 것으로 나온다. 예정대로 시드니 오페라하우스를 구석구석 돌아보았고, 설계자인 예른 웃손(Jørn Utzon)과 호주 정부와의 갈등에 대해서도 주의 깊게 들었다. 한 건축가와 한 나라 정부 간의 대결이었다. 후에 화해의 시도가 있었으나 웃손은 끝내 호주 땅을 다시 밟지 않았다. 예술가는 뒤끝이 길다. 한 번 마음먹으면 좀처럼 바꾸지 않는다.

겉으로는 태연했지만 속으로는 점점 더 비장한 기분이 들었다. 저녁은 시드니만 서쪽, 시드니에서 가장 오래된 지역으로 불리는 더 록스의 오래된 식당에서 혼자 먹었다. 다시 버스를 타고 쿠지 해안의 숙소로 돌아왔다. 며칠간 나를 편하게 받아주던 곳이었으나 마지막 밤의 느낌은 사뭇 달랐다. 집으로 돌아가는 짐을 싸고 호주에서의 마지막 밤을 보낸 후 다음 날 아침 귀국 비행기에 몸을 실었다. 한국전쟁 당시 1만 7000여 명의 호주군이 참전했다. 당시 알지도 못하는 나라의 전쟁터로 가는 그들의 심정은 어땠을까? 나 또한 상대가 누군지 알 수 없는 나의 전쟁터로 가고 있는 길이었다. 숙소를 떠나기 전 커다란 거울 앞에서 결의를 다지는 셀카를 한 장 찍었다. 2016년 10월 22일 토요일이었다.

서울에 돌아오자마자 그야말로 온 나라에 헬게이트가 열렸다. 공원이 문제가 아니었다. 이미 7월부터 슬슬 연기가 피어오르던 최순실 사건에 드디어 불이 붙었다. 2016년 10월 24일 저녁 8시, JTBC의 태블릿PC 입수 보도가 전파를 탔다. 2016년 10월 29일, 훗날 제1차 촛불집회로 불린 시위가 광화문 일대에서 열렸다. 대통령 박근혜를 끌어내린 탄핵 정국의 본격적인 시작이었다.

소문의 진상

원래 가을이면 건축계에는 이런저런 행사가 많은데 그해도 마찬가지였다. 밀렸던 회사 일을 처리하는 중간중간에 이런저런 강의, 국립현대미술관에서의 행사, 평소에 방문하기 어려운 장소를 공개하는 오픈하우스 서울 행사 등을 치러야 했다. 《서울신문》에 연재하고 있던 「건축가 황두진의 무지개떡 건축을 찾아서」도 매주 지면 하나 분량의 원고를 넘겨야 했다. 정신없이 바빴지만 일단 공원과 관련된 상황을 알아보기 시작했다. 이미 동네에는 소문이 떠돌고 있었다. 누군가가 종로구청 공원녹지과에 전화를 해보니 '청와대의 지시로 구청 차원의 관여를 하지 말라고 했다.'는 답변을 들었다고 했다.

아내의 이야기는 이랬다. 내가 시드니에 있을 때 동네의 한 부동산 중개업소에서 목련원을 방문해 쪽지를 남겨놓고 갔다고 했다. 남겨진 번호로 전화를 해보니 갑자기 목련원을 팔 생각이 없냐고 물어왔단다. 전화로는 할 이야기가 아닌 듯해서 찾아갔더니 청와대가 그 공원을 민간인에게 팔았으니 이참에 목련원도 함께 팔면 어떠냐고 했다는 것이었다. 너무나 혼란스러워 혼자 고민하다가 아무래도 나에게 알려야 할 것 같아 문자를 보낸 것이었다.

그러나 이런 이야기만으로 다음 행동을 결정할 수는 없었다. 좀 더 확실한 내용을 알아야겠다고 생각하여 2016년 10월 26일 국민신문고(www.epeople.go.kr)에 민원을 넣었다. 여기에 민원을 올리면 관련 업무를 주관하는 정부 부서로 배정이 되고 해당 부서는 의무적으로 답변을 하게 되어있다. 이틀 후인 2016년 10월 28일 경찰청에서 올린 답변은 자기들은 상황을 모르며 소관 업무도 아니라는 것이었다. 같은 날 종로구청 공원녹지과를 답변 기관으로 지정해서 다시 민원을 넣었다. 이번에는 꽤 시간이 걸려 열흘쯤 지난 후인 2016년 11월 7일 답변이 올라왔다.

건물건립설, 민간매각설 등에 대하여 토지 소유 기관인 대통령 경호실에 문의하였으나 내부 검토 중이라는 답변만을 들었음을 알려드리오니 양지하여 주시기 바라며 좀 더 자세한 사항은 토지 소유 기관에 문의하시기 바랍니다.

공식적인 답변이 이 정도면 거기에는 뭔가가 있는 것이다. 근거 없는 소문은 아니라는 생각이 들었다. 게다가 '토지 소유 기관'에 문의하라니! 공원의 등기부 등본에 의하면 그 소유 기관은 다름 아닌 대통령 경호실인데 이전 같으면 차지철 같은 사람이 이끌던 조직이다. 영화 「효자동 이발사」에도 나오지만 청와대 인근 지역인 통의동 일대에는 아직도 대통령 경호실과 관련된 무시무시한 이야기가 돌아다닌다. 옥상에 고추 말리려고 올라갔다가 청와대를 염탐하려 했다고 고초를 겪었다는 등의 괴담이다. 지금은 완화되었지만 이전에는 아예 옥상으로 올라가는 계단을 만드는 것부터 허락하지 않았다. 1971년에 지은 목련원도 마찬가지여서 실내 계단은 없고 외부 벽에 사다리가 붙어있을 뿐이다.

검색을 해보니 당시 대통령 경호실장은 노무현 대통령 재임 중 육군 참모총장이었던 박흥렬 예비역 대장이었다. 4성 장군 출신이 지휘하는 대통령 경호실⋯⋯. 아무리 세상이 변했다고 해도 두렵기 짝이 없는 조직인데 직접 문의하라고? 종로구청 공원녹지과의 답변이 올라온 2016년 11월 7일, 통의동 인근의 몇몇 동네 사람들이 모여 단체채팅방을 개설했다. 현재 상황을 공유하고 각자가 무엇을 할 수 있을까를 이야기했다. 이렇게 '공사모' 즉 '공원을 사랑하는 시민 모임'이 가동되었다. 2016년 11월 18일 종로구청 공원녹지과를 찾아가 무성의한 민원 답변에 대한 설명을 요구했으나 자기들도 답답하기는 마찬가지라고 했다. 이어 동대문에 있는 종로구 정세균 의원의 지역 사무실도 찾아가 상황 파악 및 문제 해결을 촉구했으나 아무 데서도 우리에게 필요한 정보는 나오지 않았다. 시스템은 완전 불통이었다.

2016년 11월 25일 용기를 내어 대통령 경호실에도 민원을 넣었다. 역시 답은 없었다. 형식적이고 무책임한 답변이나마 올리던 시스템은 어느 지점을 지나자 그마저도 하지 않았다. 그나마 움직이고 있던 것은 우리 사회의 또 다른 시스템인 언론이었다. 마침 같은 날 《동아일보》의 노지현 기자가 통의동 마을마당 사태에 대한 기사를 올렸다. 헛소문이 아니었다. 무언가가 진행되고 있었다.

서울 종로구 경복궁에는 문관대신들이 드나들었다는 서문(영추문)이 있다. 영추문 바로 건너편에 '통의동 마을마당'이란 작은 공원이 있다. 작은 정자 하나와 운동기구 두어 개가 전부지만 나무 몇 그루가 곳곳에 그늘을 드리워 주민들이 즐겨 찾는 쉼터다.

이곳은 원래 대통령의 '안가' 자리로 알려졌지만 김영삼 대통령 때 시민들에게 되돌려준다는 취지로 공원이 됐다. 1996년 11월에 문을 연 뒤 종로구가 이곳을 가꿔왔다.

그런데 최근 서촌 주민들은 "공원이 곧 사라진다."는 소문에 들썩였다. 일부 주민이 지나가다 토지를 측정하는 사람들을 목격하면서 "청와대가 민간에 땅을 매각한다."라는 이야기까지 퍼졌다. 당초 이 땅은 서울시가 주인이었다.

(중략)

신문 기사는 모두의 발을 더욱 동동 구르게 했지만 여전히 사건의 진상을 확실히 아는 사람은 없었다. 2016년 12월 6일 소문의 진원지인 동네 부동산 중개업소를 찾아가 자초지종을 물었다. 그 중개업소 대표의 지인이 청와대에 물건을 납품하는데, 그 사람으로부터 청와대가 인근의 주택 하나를 구입하면서 돈 대신 통의동 마을마당을 주었다는 이야기를 들었다는 것이다. 아내와 나는 도대체 이게 무슨 말인가 하면서도, 또 다른 한편으로 국가 기관의 정보가 그렇게 새어나갔다는 것에 대해 한심하게 생각했다.

중개업소의 대표는 여전히 같은 제안을 해왔다. 어차피 공원이 개발되면 인접지의 가치가 떨어질 테니 그전에 자기가 나서서 거래를 한번 성사시켜 보겠다는 것이었다. 공원을 소유하게 된 그 상대가 누군지는 모르지만, 우리가 관심 있다고 하면 자기가 한 번 연락해보겠다는 말투였다. 하지만 이런 경우에 먼저 그쪽의 부탁을 받은 것은 아닌가 하는 생각이 드는 것 또한 당연하다. 우리도 가만있지는 않았다. "혹시 그쪽과 연결되면, 우리가 사람을 모아 그 공원을 사겠으니 얼마면 팔겠는지 역으로 물어봐달라."고 호기를 부리고는 자리에서 일어났다. 나중에 알았지만 우리에게만 그런 제안을 한 것이 아니었다. 다른 인접지 중에서도 그런 제안을 받은 곳이 있었다. 우연이라고 하기에는 놀라운 일이지만 같은 날 다른 곳에서도 제보가 들어왔다. 누군가가 그 공원에 건물을 지으려 한다는 이야기를 들었다는 내용이었다. 합리적 의심의 단계는 이미 지났다. 이제는 움직여야 했다.

2016년 12월 8일 열 명 남짓한 사람들이 한자리에 모였다. 역시 통의동에 있는 정림건축문화재단에서 자리를 마련하여 대책회의를 열었다. 다들 기도 안 찬다는 반응이었다. "청와대가 공원을 팔아먹었다고?" 자기가 어디에 살건, 어디서 일하건 이 동네와 인연이 있는 사람들이라면 반응이 비슷했다. 온갖 아이디어가 나왔고 결국 몇 가지로 압축되었다. 관련 기관을 찾아가 진상을 확인하자는 것, 그리고 감사원에 일정 숫자 이상 사람들의 서명을 받아 감사 청구를 하자는 것, 주변에 널리 알리자는 것, 그리고 이는 법조인들에게 비공식적이라도 자문을 받아보자는 것 등이었다.

정작 사건의 당사자라 할 수 있는 청와대로 따지러 가자는 사람은 없었다. 두려움 때문이었을 것이다. 청와대가 있는 방향으로는 항상 어둡고 무거운 그림자가 드리워져 있는 듯했다. 그렇게 회의를 마치자마자 당장 아내는 서울시청과 종로구청을 거쳐 감사원으로, 다른 누군가는 혹 도움이 될 만한 사람을 만나러, 또 누군가는 일터로 돌아가 민원 신청 서류를 작성하기 위해 뿔뿔이 흩어졌다. 그전에 우리 모임의 이름인 '공사모'에 대해 잠시 논의가 있었다. 혹시나 해서 영문 이름도 필요하지 않을까 해서 'Pro-Park Coalition'은 어떨까 했는데 그것은 알고 보니 '친박연대'라는 정당의 영문명이어서 황급히 포기했다.

2016년 12월 14일자 《동아일보》에 노지현 기자의 두 번째 기사가 실렸다. 청와대 동쪽 삼청동의 한 주택을 청와대가 "경호상의 필요"로 취득하면서 매매 대금 대신 이 공원을 '대토', 즉 토지를 맞교환하는 형식으로 제공했다는 내용이었다. 기사 내용 모두가 소문과 정확히 일치했다.

청와대가 공식적으로 밝힌 토지 맞교환의 이유는 '경호상의 필요'. 삼청동 주택은 부지 면적이 약 670제곱미터, 건물 총면적이 약 330제곱미터다. 청와대와 직선거리로 약 50미터 떨어져 있다. 청와대와 가깝다는 이유로 민간 건물이지만 평일에도 길목부터 경찰이 출입을 막는다. 대통령 경호실 관계자는 "특별경호지역에 있는 건물로 수년간 매입을 검토했다가 이번에 거래가 성사된 것."이라고 설명했다.

통의동 마을마당을 매입한 부동산 개발 업체는 공원을 없애고 갤러리와 카페 등 상업 시설 신축을 검토 중인 것으로 알려졌다. 최근 회사 측은 공원을 관리하는 종로구에 '공원에 있는 정자와 운동기구를 어떻게 처리하면 되느냐'고 문의까지 했다.

(중략)

주민들은 공원 문제를 관할하는 서울시에도 민원을 제기했다. 하지만 2010년 서울시가 갖고 있던 소유권이 청와대로 넘어간 탓에 시가 나

서기도 쉽지 않다. 서울시 관계자는 "서울에서는 작은 공원 하나도 무척 중요하다."며 "다른 땅과 교환해도 될 텐데 굳이 공원 부지와 맞꿀 필요가 있을까 한다."고 말했다.

이제 상대는 모두 확인이 되었다. 박근혜 정부의 청와대, 그리고 그 옆에 오래 살다가 그 공원을 소유하게 된 알 수 없는 누군가. 모두 두렵고 무서웠다. 그리고 이렇게 엮이게 된 것이 너무 싫었다. 그냥 부동산 중개업소 말처럼 목련원을 넘기고 이 동네를 떠나버릴까 생각도 해보았다. 그런데 아무리 생각해봐도 그것은 우리 자신을 속이고 세상을 속이는 일 같았다. 애초에 그 공원이 없었으면 여기로 오지도 않았을 것이다. 그 존재를 느끼며 사는 것도 감사한 일이었지만, 공원을 찾은 사람들의 행복한 기운이 전해지는 것도 즐거웠다. 연인들, 친구들, 가족들…… 시위가 있을 때면 사이사이에 시위대와 경찰이 함께 쉬는 곳이기도 했다. 가끔씩 노숙자에게도 넉넉하게 품을 내어주었다. 게다가 바로 길 건너는 경복궁이니 영화나 드라마의 배경으로도 훌륭한 곳이었다. 그런 특별한 장소가 동네에 있다는 것 자체가 뿌듯했다. 그런데 이제 그곳이 사라지려 하고 있었다. 과연 꼬리 내리고 도망치는 것이 맞을까, 아니면…….

하지만 도대체 할 수 있는 일이 없는 것 같았다. 이 이야기를 하면 누가 공감할까? "당신 집 옆 공원을 지키는데 왜 내가 나서야 합니까?" 하면 할 말이 없을 것 같았다. 그렇다고 반대로 내가 숨어 있으면 "당신도 가만히 있으면서 어떻게 남들이 뭔가 하기를 기대합니까?"라는 반응이 올 것도 뻔했다. 이러지도 저러지도 못하는 상황이었다. 아내와 밤잠을 이루지 못하며 함께 고민하는 날들이 이어졌다. 그러나 곰곰이 생각해보니 결국 이 공원뿐만 아니라 모든 공원을 사람들이 얼마나 소중하게 생각하느냐가 문제의 핵심이었다. 누가 동참하고 안 하고, 공론화 되고 안 되고 또한 우리가 판단할 문제가 아니었다. 복잡하게 생각하지 말고 일단 널리 세상에 알리기로 했다. 본격적인 싸움의 시작이었다.

촛불

지금 돌이켜보면 너무나 신기하게도 이 모든 과정은 박근혜 정부의 국정농단 사태라는 희대의 상황과 정확하게 맞물려 돌아갔다. 그 사실은 우리에게 일말의 희망을 주기도 했지만 동시에 좌절의 이유가 되기도 했다. 대한민국이 통째로 흔들리고 있는 판에 동네의 작은 공원 문제란 누구의 주목도 끌기 어려운 것이었다. 아래의 기록 몇 줄만 봐도 당시 모든 것들이 얼마나 긴박하게 엮여서 돌아갔는지 알 수 있다.

2016년 10월 28일

민원에 대한 경찰청 답변 ("저희 부서에서는 확인 안 됩니다.")

2016년 10월 29일

제1차 촛불집회

2016년 11월 5일

제2차 촛불집회

2016년 11월 7일

민원에 대한 종로구청 공원녹지과 답변 ("대통령 경호실 내부 검토 중")

2016년 11월 18일

종로구청 공원녹지과, 정세균 의원 지역구 사무실 방문

2016년 11월 중순 이후

제3, 4, 5, 6차 촛불집회

2016년 12월 8일

정림건축문화재단 사무실에서 주민대책회의 후 서울시, 종로구청,
감사원 방문

2016년 12월 9일

대통령 박근혜 탄핵안, 국회에서 가결

공원을 구하기 위해서 움직이는 공사모나 나라를 구하기

위해서 움직이는 시위대나 모두 상대가 청와대라는 공통점이 있었다. 그리고 상대하는 그 시스템과의 소통이 거의 불가능하다는 또 다른 공통점이 있었다. 당시 청와대는 일종의 업무마비 상태가 아니었을까 짐작된다. 오죽하면 정세균 의원 지역 사무실에서도 이 문제와 관련하여 청와대에 문의했으나 답을 듣지 못했다고 전해왔으니 말이다. 소위 '문고리 3인방'의 하나로, 공원의 대토 절차를 담당했을 것으로 추정되는 이재만 총무비서관 자리는 공석이며 당시 후임도 결정되지 않아 답변할 사람이 없다는 것이었다. 이재만은 이미 2016년 11월 14일 검찰에 출두했고 이후 2017년 10월 31일에 체포, 같은 해 11월 3일에 구속되었다.

2016년 11월 12일의 제3차 집회부터 촛불 시위대는 본격적으로 청와대를 향하기 시작했다. 이 동네로 이사온 이후 워낙 차벽에는 익숙해져 있었지만 이 당시 내자동 사거리의 차벽만한 것은 없었다. 동네를 완전히 전경 버스로 감싸고 그 사이에 전혀 틈을 주지 않았다. 저 안에 산다고 아무리 이야기해도 소용없었다. 이런 일은 처음이었다. 급기야 전경들과의 대화 끝에 "그럼 내가 버스 밑으로 기어서 통과하겠으나 그런 모습을 당신들에게 보이는 것은 싫으니 옆으로 비켜달라."고 한 적도 있었다. 명령이 떨어지지 않은, 대기 상태의 전경들은 앳되고 순진한 젊은이들일 뿐이다. 그들은 순순히 내

말을 따라주었다. 그러나 사람들이 보는 길거리에서 버스 밑을 기어 집으로 돌아와야 했던 그날의 경험은 아직도 매우 불쾌한 기억으로 남아 있다.

이후 촛불 시위가 계속되면서 경찰은 서서히 차벽을 후퇴시키기 시작했다. 2016년 11월 19일의 제4차 촛불집회부터는 통의동 마을마당 앞 효자로로 시위대가 진입하기에 이르렀다. 당시 차벽이 설치된 곳은 정부서울청사 창성동 별관 바로 앞, 1959년 4·19혁명 당시 시위대의 경무대 진입을 막았던 바로 그 '창성동 저지선'과 정확히 일치하는 곳이었다. 역사는 이렇게 스스로 반복하고 있었다. 이후 5차, 6차 촛불집회가 진행되면서 저지선은 급기야 청와대 바로 앞 로터리까지 후퇴하기에 이르렀다. 이때까지만 해도 당연히 촛불 시위자체가 압도적으로 큰 이슈였으나 시민단체도 아니고 심지어제대로 된 조직도 아닌 공사모는 촛불 시위 자체에 대해서는 공식적인 입장이 없었다. 각자가 자신의 신념에 따라 알아서 행동하면 될 일이었다.

제7차 촛불집회가 열린 2016년 12월 10일, 모든 것이 바뀌었다. 그 전날 대통령 박근혜의 탄핵안이 국회에서 통과된 것만이 계기는 아니었다. 모든 소문과 언론 기사에도 불구하고 우리에게는 이 혼란기에 공원의 대토 문제가 흐지부지되어 원래로 돌아가지 않을까 하는 기대가 있었다. 돌이켜보면 정말 순진한 생각이었다. 이날 그 기대가 모두 무너졌다.

당시 내 역할 중 하나는 매일 인터넷으로 통의동 마을마당의 등기부 등본을 확인하는 것이었다. 이때까지만 해도 적어도 서류상으로는 아무 일도 없었다. 여전히 '소유자 국, 관리청 대통령 경호실'로 찍혀 나왔다. 그러나 이날 낮 12시 20분 06초에 접속해보니 서류 전체에 워터마크로 '신청사건처리중'이라는 큰 글씨가 적혀있었다. 이 혼란스러운 와중에도 한 번 작동하기 시작한 시스템은 멈추지 않고 돌아가고 있던 것이다. 예상했지만 막상 현실로 닥치고 보니 충격이 엄청났다. 누군가 내 가슴속에 콘크리트를 부었고 이제 그것이 서서히 굳어가고 있는 듯한 느낌이었다. 통의동 마을마당의 법적 소유권이 누군가에게 넘어가고 있었다!

이제는 앞뒤 가릴 것이 없었다. 우리는 즉시 전면전에 돌입했다. 인근 갤러리인 보안여관의 최성우 대표가 소개해준 인사동의 한 간판집에서 현수막을 제작하여 그날로 통의동 마을마당에 걸었다. 마침 선배 건축가 임형남, 건축사진작가 김용관 등이 동참해주었다. "청와대가 이 공원을 민간에 넘겼습니다. 우리 모두의 이 공원을 지켜주세요. ―공원을 사랑하는 시민 모임."이라고 적힌 현수막은 이후 그 자리에서 눈과 비를 맞으며 1년 2개월을 버텼다. 유인물도 함께 준비했다. 이후 촛불 시위가 있을 때마다 공사모는 공원에 모여 그 앞을

통의동 마을마당에 걸린 현수막

지나는 시민들에게 따뜻한 물을 제공했고, 다양한 행사를 통해 이 작은 공원이 처한 상황에 대해 알렸다. 현수막의 문구에서 드러나듯이 이제 우리의 메시지는 청와대라는 침몰하는 배가 아니라 시민사회를 향하고 있었다.

6년 전

그렇다면 청와대는 무슨 근거로 공원을 처분할 수 있었을까? 그것은 당시 통의동 마을마당의 법적 소유권이 국가에 있었고 대통령 경호실이 관리청으로 되어 있었기에 가능했다. 청와대 인근 지역 공원을 청와대가 실질적으로 소유하고 있었다고? 이야기는 정확히 6년 전인 2010년 10월로 거슬러 올라간다.

　내가 통의동으로 이사온 것은 2002년 6월 29일, 즉 김대중 대통령 재임 당시였다. 나의 집과 사무실이 함께 있는 목련원은 청와대로부터 약 700미터, 걸어서 6~7분 정도 거리다. 아주 가깝다고 할 수는 없지만 그렇다고 먼 거리도 아니다. 대통령이 청와대에 새로 들어오면 처음에는 별다른 변화가 없다가 어느 정도 시간이 지나면서 동네에 서서히 어떤 느낌이 스며들기 시작한다. 김대중 대통령은 민주투사로 유명하지만 내가 기억하는 한 인근 지역의 경호는 당시가 가장 삼엄했다. 물론 그전에는 더 심했다고 들었다. 골목 어귀마다 경찰이 서 있었고 뻔히 얼굴 아는 사람들을 검문했다. 동네에서는 '저 경찰들은 우리 지키려고 있는 것이 아니다.'라는 말이 돌았다. 이곳 경찰은 오직 청와대와 인근 국가 기관을 위해 존재한다는 의미였다.

2003년 2월 25일 노무현 대통령이 취임하자 모든 것이 갑자기 변했다. 골목길의 경찰들이 사라졌고 검문소도 그전보다 훨씬 후퇴했다. 대통령 경호를 이렇게 해도 되나 싶을 정도였다. 여름이면 경복궁 옆 효자로에는 오토바이 폭주족들이 몰려들어 급가속과 급정거를 반복했다. 청와대를 향한 친근감의 표시였는지, 아니면 다른 의도가 있었는지는 모르겠지만 엄청 시끄러웠다는 것만 기억한다. 1968년 1·21사태 이후 닫혀 있었던 북악산의 성곽탐방로도 근 40년 만인 2006년 4월 1일과 2007년 4월 6일 두 단계에 걸쳐 전면 개방되었다. 같은 해 9월 29일에는 청와대를 마주보는 경복궁의 북문인 신무문이 그 뒤를 이었다. 세상이 조금씩 바뀌고 있었다.

그런데 2007년 12월 29일 목련원에 도둑이 들어 집과 사무실이 모두 털리는 일이 있었다. 목련원의 문단속을 철저히 하지 않은 우리 탓도 있었지만 청와대 앞 동네의 철통 보안을 나름 믿고 있던 터라 큰 충격을 받았다. 게다가 그 사건이 처리되는 과정을 보면서 우리는 실망을 금치 못했다. 당시 종로 경찰서는 어떻게든 그 사건이 외부로 흘러나가지 않게 하는 데 급급한 인상이었다. 미드에서나 보던 과학수사대(KCSI)가 흰색 작업복을 입고 왔다갔다했는데 결국 범인도 못 잡았다. 당시 노트북의 파일들을 복사하려고 마침 외장 하드 디스크를 샀는데 불과 하루 전에 노트북 두 대가 다 사라지는 바람에 귀중한 자료를 모두 날린 것이 안타깝기 짝이 없었다.

2008년 2월 25일 이명박 대통령이 취임했다. 처음에는 특별한 느낌이 없었다. 취임 당시만 해도 청와대 앞 분수대는 로터리였다. 외출했다 돌아올 때면 거기서 한 바퀴 돌아올 수 있어서 편리했는데, 이후 그것을 포토존으로 바꾸면서 로터리가 사라져 불편하게 된 것 정도였다. 그동안 닫혀있던 경복궁의 서문인 영추문이 이명박 대통령 당시인 2012년에 한동안 다시 열린 적도 있었다.

2010년 10월, 동네의 분위기가 갑자기 얼어붙었다. 통의동 마을마당에 경찰이 경호 시설을 짓는다는 소문이 돌기 시작한 것이다. 당시 사람들은 '어떻게 시민들이 애용하는 공원을 경찰이 빼앗을 수 있나!'며 흥분하기 시작했다. 참고로 이 동네에서는 이 사건을 '제1차 공원대란'으로, 2016년에 시작된 사건은 '제2차 공원대란'으로 부른다.

제1차 공원대란

돌이켜보면 2010년과 2016의 나는 다른 사람이었다. 적어도 공원 문제에 대한 처신에 있어서는 그랬다. 2010년의 나는, 이를테면 막후에서 움직였다. 당시만 해도 내가 사는 집과 사무실 옆의 공원을 구하기 위해 나 스스로 나서는 것에 자신이 없었다. "자기가 아쉬우니까 나섰겠지."라는 사람들의 손가락질을 받을 걱정이 앞섰다. 2016년의 나는 달랐다. 앞장서서 열심히 움직였다. 이런저런 고민 끝에 내린 결정이었다. 아내도 전적으로 공감하고 동참했다. 당시의 우려와는 달리 적어도 누가 이런 문제를 대놓고 지적하지는 않았다. 반대로 우리가 가만히 있었으면 아마도 사회적 책임감이 없다며 비난받았을지도 모른다. 결과적으로 후회는 없다.

2010년 10월, 당시 공원에 문제가 생겼다는 이야기를 처음 듣고난 후 고민이 시작되었다. 일단 2010년 10월 7일 국민신문고에 민원을 접수했고 며칠 후인 10월 12일 종로구청 공원녹지과로부터 다음과 같은 답변을 받았다.

> 통의동 마을마당은 시 소유 마을마당으로 우리 구에서 관리하고 있으며 국공유지 교환사업 일환으로 인근에 통의동 마을마당 대체부지 조성사업으로 통인동 마을마당을 2011년도 상반기에 조성할 계획임을

알려드립니다. 아울러 향후 어떠한 용도로 통의동 마을마당이 활용될
지는 현재 결정된 바가 없음을 알려드리오니 이 점 널리 이해하여 주시
기 바랍니다.

간단히 말해서 통'의'동 마을마당 대신, 인근 지역인
통'인'동에 대체 공원을 조성한다는 이야기였다. 돌이켜보면
2016년을 예견하는 전주곡 같은 것이었다. 이 답변을 접한 사
람들은 본격적으로 웅성거리기 시작했다. 통의동 마을마당에
는 경찰이 종종 나타나 주민들에게 공원의 사용 빈도 등을 묻
고 심지어 향후 다른 용도로 활용될 것 같다는 말까지 흘리고
다녔다. 그렇게 시간은 속절없이 흘렀고 2011년 초가 되었다.
뭔가 하기는 해야 했다. 하지만 무엇을 어떻게 할 것인가?
내가 전면에 나서지 않으면서 좀 더 많은 사람들에게 상황을
알리는 일이 필요했다. 결국 나는 은밀히 행동하기로 했다. 팸
플릿을 만들어 수십 부를 인쇄했다. 2011년 3월 10일 새벽 3
시경, 아무런 인적이 없을 때 밖으로 나가 동네의 집 대문마
다 꽂아두고 공원에도 몇 부를 비치했다. 중년이 다 된 내가,
그것도 청와대를 지키는 경찰을 상대로 한밤중에 팸플릿을
돌리고 있었다. 나는 '사람 일은 알 수 없다'며 속으로 되뇌이
곤 했다.
다음 날 아침, 당시 장지웅 통장이 나를 찾아왔다.

"어젯밤에 황두진씨가 돌린 그 팸플릿……."

"무슨 말씀이신지?"

"에이 뭐, 다 알아요."

"아, 네……."

나름 은밀하게 진행하려던 계획은 수포로 돌아갔지만 장지웅 통장은 고맙게도 내 상황을 이해했다. 당연히 자기가 나서야 할 일이지만, 본인은 인터넷 사용이 불편하니 자기 대신 국민신문고에 통장 명의로 정식 민원을 넣어달라고 했다. 이렇게 하여 2011년 3월 11일 장지웅 통장 명의로 민원을 넣었으나 한동안 답이 없었다. 그 사이에 사람들이 모이기 시작했다. 사실 이름을 나중에 붙여서 그렇지 공사모는 이때 처음 결성된 것이나 다름없다. 편의상 이를 '제1기 공사모'라고 소급하여 부르기로 한다. 이때 참가했던 사람들 여러 명이 2016년에도 계속 활동했다.

우리는 기자 간담회를 열기로 했다. 하필 이날의 정확한 날짜가 기록되어있지 않지만, 아마 2011년 3월 말이나 4월 초였을 것이다. 동네에서 가장 널찍한 카페의 하나인 MK2에 자리를 마련했다. 빈티지 바우하우스 계열 가구를 전시, 판매하기도 하는 곳인데 혹시 보도 사진이 찍히면 그림도 나쁘지 않을 것 같았다. 기자 간담회의 디테일은 잘 기억나지 않지만 장지웅 통장이 사회를 봤다.

간담회 직후 극적인 상황이 벌어졌다. 참석자 중에 지금은 소설가가 된《조선일보》의 손정미 기자가 있었다. 간담회를 마치고 사무실에 돌아와 있는데 그에게서 전화가 왔다.

"상황 끝난 것 같은데요."

"네?"

"청와대가 그 공원 그냥 둔다고 하네요."

"네?"

사연은 이랬다. 간담회를 마치고 손 기자는 '마침 가깝기도 해서' 청와대를 취재하러 갔다. MK2에서 청와대 영풍문까지는 약 900미터. 슬슬 걸어가도 10분 정도밖에 걸리지 않는다. 게다가 오가는 길이 경복궁 돌담길이니 모처럼 호젓하게 걷기도 좋았을 것이다. 기자증을 제시하고 통의동 마을마당 관련해서 취재차 왔다고 하니 조금 이따가 누군가가 나왔다. 다소 당황하는 분위기였다고 한다. 경호 시설 설치를 고려한 것도 사실이고 주민들의 민원도 다 파악하고 있는데 '윗분'이 아시고는 호통을 쳤다고 했다. '주민들에게 피해가 가는 일을 절대 하지 말라.'고 지시했다는 것이다. 그래서 조만간 경찰청을 통해서 공식적으로 민원에 답을 할 테니 보도는 하지 말아달라고 했다는 것이다. 아마도 정권 초기인 2008년에 겪었던 광우병사태의 경험이 이런 결정을 내리게 한 것이 아닌가 추측한다.

손 기자는 약속을 지켰고 청와대도 약속을 지켰다. 2011년 4월 7일, 드디어 국민신문고에 경찰청의 답변이 올라왔다. 다음의 구절이 인상적이었다.

이 과정에서 주변 주민들의 충분한 여론 수렴을 수집하면서 해당 경찰관들의 중복 방문이 있었던 것으로 생각되며, 심려를 끼쳐드려 사과의 말씀을 드립니다. 또한 우리 경찰에서는 주민들의 여론을 충분히 반영하여 현재 주민들의 휴식공간으로 사용되고 있는 효자공원을 강행하여 용도 변경할 계획이 없음을 알려드립니다.

시스템의 문구가 이 정도로 부드럽고 나긋나긋한 경우는 드물다. 당시의 감정을 담아 약간 과장해서 표현하면 완벽한 항복을 받아낸 셈이었다. 동네는 축제 분위기였고 우리는 모두 개운한 심정으로 일상으로 돌아갔다. 무엇보다 통의동 마을마당에 대한 생각이 많이 달라졌다. 나 또한 그 이후 가끔 공원에 나가 휴지도 줍고 바닥을 쓸기도 했다. 오물이 발견되면 그것도 치웠다. 공원에서 낯익은 사람을 만나는 빈도도 늘어났다. 동네에는 뭔가 이뤄냈다는 자부심 같은 것이 생겼다.

그러나 그때, 우리는 몰랐다. 제1차 공원대란은 이미 훨씬 전에 시작되었다는 것을. 그리고 이때 끝난 것도 아니었다는 것을. 우리가 소문을 접하기 훨씬 전부터 시스템은 움직이고 있었다. 제1차 공원대란이 있기 훨씬 전인 2010년 6월 8일, 오세훈 시장 시절의 서울시와 이명박 대통령 시절의 청와대는 통의동 마을마당과 인근 지역 청와대 소유의 토지를 맞교환하는 대토 절차를 진행했다. 같은 해 6월 30일에는 등기까지 마쳤다. 경찰청을 통한 청와대의 포기 선언 이후에도 그 사실은 변하지 않았다. 통의동 마을마당의 법적 소유권은 이제 청와대에 있었다. 그리고 이것은 6년 후 제2차 공원대란의 불씨가 되었다.

흥미롭게도 당시 오고간 민원 기록을 보면 종로구청 공원녹지과만 '통의동 마을마당'이라는 이름을 썼고 우리를 포함한 다른 사람들은 '효자공원'으로 불렀다. 돌이켜보면 정확한 명칭 없이 이런저런 이름으로 불렸다는 사실 자체가 이 공원이 얼마나 법적, 제도적으로 취약한 상황에 있었는지를 잘 보여준다. 제2차 공원대란 때 알게 되었지만 다른 지역에 있는 마을마당들은 정확한 명칭이 적힌 표지석이나 간판을 갖추고 있었다. 정말 미안하기도 하고 화도 나는 상황이었다. 왜 여기만 이렇게 행정의 공백 상태였을까? 이 지역의 대표적인 토박이면서 두 번의 공원대란에서 중요하게 활약했던 설재우 씨의 증언에 따르면 통의동 마을마당에는 '항아리공원', '제비공원', '영추문공원' 등의 이름이 더 있었다고 한다. 제2차 공원대란이 일어났을 때 그는 공사모 단톡방에 "이름도 많은 그

땅뙈기, 또 시작입니다.”라는 글을 남겼다.

정치인이라는 존재

이런 일을 하다 보면 결국 정치인들을 만나게 된다. 정치인들은 일반 공무원들과 달리 유권자인 시민의 입장에서 가장 당당하게 이야기를 건넬 수 있는 대상이기도 하다. 제2차 공원 대란 당시부터 지금까지 통의동 마을마당이 있는 종로구의 국회의원은 정세균 의원이다. 그러나 관록의 정치인으로서 그 당시 국회의장이었던 그는 이미 당적까지 내려놓은 상태였다. 지역구의 작은 공원 문제에 관심을 가져주리라고 기대하기 어려웠다. 동대문 옆 그의 지역구 사무실 사무국장과는 첫 방문 이후에도 여러 번 접촉이 있었다. 전화를 여러 번 하기도 했고 공사모 회의에 초대한 적도 있었다. 사실 그분 입장에서는 매우 귀찮은 일이었을 텐데 적어도 귀 기울여주고 함께 걱정해주었다는 점은 이 지면을 통해 밝히고자 한다. 그러나 이 역시 지역구 국회의원이라는 시스템이 움직였다기보다는 그 시스템의 일부인 한 개인의 모습이었던 것이라고 생각한다. 국회의장직을 마친 정세균 의원이 지역구민들에게 배포한 2018년도 의정활동 보고서에도 통의동 마을마당에 대한 언급은 없다. 물론 내가 보는 것은 표면일 뿐이고 안으로 어떤 일이 있었는지는 알지 못한다.

공원 구하기에 적극적이었던 정치인은 종로구의 두 시의원 중 한 명인 남재경 의원이었다. 공사모 모임에도 참석했고 공사모와 서울시청 간의 가교 역할을 하기도 했다. 기초자치단체 정치인의 장점은 이렇게 지역 문제에 대해 깊게 관여할 수 있다는 것이다. 남재경 의원과는 집도 가까워서 종종 동네 가게나 마을버스에서 만나는 경우도 있었다. 공사모로서는 고마운 존재였는데 2018년 6월 13일 열린 제7회 전국동시지방선거에서 당선에 실패했다. 1996년 시의원을 시작했고 4선에 도전했으나 고배를 든 것이다.

구의원까지 내려가면 이렇다 할 만한 교류가 없었다. 분명히 시의회나 구의회에서는 이 문제가 거론되었을 것이며, 나를 포함한 일반 시민이 모르는 곳에서 공원을 구하기 위한 노력이 당연히 있었을 것이라고 추측하는 정도다. 일례로 대학 후배이면서 송파구 시의원이었던 우창윤 의원이 2017년 1월 30일에 통의동 마을마당을 찾기도 했다. 그는 휠체어를 타고 다니는 장애인이다. 그날은 사대문 안 횡단보도의 턱을 점검하러 나왔다가 궁금해서 와봤다고 하면서 한참 동안 공원 구석구석을 살펴보다가 돌아갔다. 통의동 마을마당을 무장애 디자인(barrier-free design)으로 개선하는 것에 대한 많은 대화를 나눌 수 있었다.

　정치인으로 보기는 어렵지만 가장 풀뿌리에 근접한 대한민국 행정조직이라고 할 수 있는 통장의 존재를 언급할 필요가 있다. 비도시 지역에 이장이 있다면 도시 지역에는 통장이 있다. 반장이라는 더 하위 조직이 있겠지만 이 동네에서는 그 존재를 잘 모르고 지내왔다. 짐작하자면, 구도심의 비극이겠으나 워낙 인구가 적어서 그럴 수도 있겠다. 제1차 공원대란 당시 같이 활동했던 장지웅 통장은 아쉽게도 지금은 세상을 떠났지만 그때는 나와 같은 골목길의 끝 집에 살았다. 1983년부터 통의동에 살았고 내가 2002년에 이사왔을 당시에도 통장이었다. 우리가 한참 이삿짐을 나르고 있을 때 대문간에서 유심히 바라보다가 "이 동네에 잘 왔어요."라며 반겨주었던 기억이 새롭다.

　1차 공원대란 당시 그의 역할은 앞에서 이야기했다. 그의 권유로 이 동네의 자율방범대 고문이 되어 한밤중에 경찰과 함께 경광봉을 들고 동네를 순찰했던 일은 지금도 즐거운 추억이다. 뒤늦게나마 장지웅 통장의 명복을 빈다. 2차 공원대란 당시는 장지웅 통장의 뒤를 이어 김상무 통장이 공사모의 일원으로 많은 모임과 행동을 함께했다. 나중에 설명하겠지만 공사모가 칼바람 부는 한겨울의 광화문광장으로 박원순 서울시장을 만나러 갔을 때도 그와 함께였다.

이런 이야기에 종로구청장과 서울시장이 빠질 수 없다. 2016년 하반기 당시 김영종 종로구청장은 재선, 박원순 서울시장은 초선이었다. 그 이후 2018년 6월 13일의 선거에서 모두 다시 당선되었다. 공사모는 역시 이분들과도 접촉하고자 노력했다. 김영종 구청장과는 2016년 12월 26일 구청장실에서 면담을 할 기회가 있었다. 사실 구청이 주도적으로 해결할 수 있는 상황이 아니었지만, 적어도 시스템적 경로에 의해 정식으로 면담 신청을 했고 그것이 받아들여졌던 사실은 중요하다.

박원순 시장과의 만남은 그전부터 시도되었지만 좀 달랐다. 거기에는 기승전결의 드라마가 있었다.

절망의 일상화

비슷한 과정을 겪어 본 사람들은 다 알겠지만 이런 일은 한마디로 '절망의 일상화'가 기본이다. 실낱같은 희망을 안고 뭔가 시도한다. 주변의 조언도 풍성하다. 그래, 한번 해보자. 다들 뭔지는 잘 몰라도 우리 사회의 시스템이 우리를 구원할 것이라는 기대를 갖고 달려든다. 그러나 결과는 항상 초라하다. "언급하신 내용을 주의 깊게 검토해보았으나 저희로서는 기대하신 답변을 드리기 어려운 점 깊이……" 공문체의 형식적인 문구는 사람의 영혼을 갈 곳 없는 처지로 만들어버리는 듯하다. 그냥 체념해버리면 일은 거기서 끝난다. 그런데 '원래 이런 것이겠거니.' 하고 그다음 일을 또 모색하다 보면 뭔가 달라질 수도 있다. 그래서 이런 일은 의외로 화끈한 성격의 소유자보다는 조용조용하고 끈기 있는 사람들이 잘 할 수 있는 것 같다. 타고난 성격이 그렇지 않으면 일부러라도 개조해야 할 것이다. 그래야 제 풀에 꺼지지 않을 테니까.

심지어 '즐겨볼 수도 있지 않을까.' 하는 엉뚱한 생각도 들었다. 어차피 쉽게 끝나지 않을 일, 피할 수 없으면 즐기기라도 해야 하지 않을까. 마침 나는 시시콜콜한 걸 공부하는 게 취미였다. 이왕 이렇게 된 참에 이 문제와 관련된 것들을 유심히 살펴보고 싶었다. 도대체 이 일은 어디에서 시작된 것일까? 그래 난 도시 탐정이다, 한번 이 일을 파헤쳐보자. 런던에 셜록 홈즈가 있었다면 서울엔 내가 있다……. 밤이면 공원이 내려다보이는 사무실 책상에 앉아 이렇게 스스로를 응원했다. 그리고 공원에게 묻곤 했다. 그래 넌 어떤 쪽이 더 좋으니? 그냥 공원으로 있고 싶니, 아니면…….

절망의 일상화는 처음부터 금방 현실이 되었다. 정림건축 문화재단에서의 첫 번째 주민대책회의 이후 서울시청 푸른도시국에 갔던 아내는 결국 '청와대 소유의 공원으로서 우리 소관이 아니니 관리 책임자인 종로구청에 가보라.'는 답변만 듣고 돌아왔다. 바로 감사원에도 달려갔지만 마찬가지였다. 시스템은 항상 정확하게 업무와 그에 따른 책임의 소재를 명확히 한다. 따라서 이렇게 개별적인 사안에 능동적으로 대처하지 못하는 것이 이해가 되기도 한다. 하지만 막상 겪어보면 그 답답함은 이루 말로 다하기 어렵다.

한편으로 옆에서 지켜보던 많은 사람들이 조언을 주기 시작했다. 그런데 모아보면 내용이 서로 크게 다르거나 새롭지 않았다. 대부분 국민신문고 등 인터넷을 통해 민원을 제기해보라는 것이었다. 게다가 문자 그대로 말로 거드는 것이지 '이런 방법이 있으니 내가 스스로 한 번 해보겠다'는 경우는 기대하기 어려웠다. 하지만 이런 일을 겪어보니 자발적인 참여란 절대 쉬운 일이 아니었다. 옆에서 관심을 갖고 응원해주는 것만으로도 이미 충분히 고마운 일이었다.

이렇게 공원 구하기의 첫 라운드가 미궁 속에 끝나가고 있었다.

또 하나의 시스템, 시민단체

우리는 시민단체들을 접촉하기 시작했다. 통의동이 있는 서촌

이 어떤 동네인가, 대한민국의 내로라하는 시민단체들이 대거 둥지를 틀고 있는 곳이다. 홈페이지에 내용을 접수하면 되겠지 생각했는데 그게 아니었다. 아예 그런 기능이 없었다. 직접 방문하거나 전화로 문의했으나 한 단체도 예외 없이 공식적인 동참은 불가능하다고 답을 전해왔다. 그중에는 공원 문제를 집중적으로 다루는 단체도 있어서 우리는 상당히 충격을 받았다. 자기들은 매년 사업 계획이 있으며 이런 식으로 '민원'을 처리해주는 곳이 아니라고 했다. '민원'이 아니라 그 단체의 취지와 관련된 '제보'를 하는 것 아니냐고 했지만 소용없었다. 어떤 단체는 촛불집회를 기획하는 입장이라 도저히 여력이 없다고 답하기도 했다. 각자의 사정은 이해가 되었지만 졸지에 '민원인'이 된 우리는 시민단체 역시 시스템이라는 것을 절실하게 깨달으며 그들에 대한 기대를 접을 수밖에 없었다.

다만 이 대목에서 한 가지 밝힐 것이 있다. 단체의 입장과 무관하게 개인적으로 공감하며 도움을 드리고 싶다고 한 사람들이 있었다. 당시 기록에 의하면 참여연대, 아름다운 재단, 문화연대, 나눔과 미래 등이었다. 특히 아름다운 재단의 이정이 선생으로부터 많은 도움을 받았다. 다른 분들도 비중 있는 단체의 구성원들 답게 귀중한 조언을 많이 해주었다. 이 책을 빌려 다시 한 번 감사드린다. 단 개인적으로.

이제 믿을 것은 두 가지, 소셜네트워크와 언론이었다. 돌이켜보면 페이스북과 트위터가 아니었다면 계속하기 어려웠을 일이었다. 단체채팅방과 별도로 페이스북에서도 공사모 그룹을 만들어 운영했다. 솔직히 말해서 이 일에 참여한 사람들끼리 서로 열심히 퍼날랐다. 우리 중 누구도 마라도나처럼 단독 드리블을 할 깜냥은 안 되었고, 소위 월투월 패스를 하며 입체적으로 공격하는 것만이 유일한 해법이었다. 그렇게 하다 보면 뭔가 사회적으로 큰 관심을 받고 있는 이슈인 것 같은 착시 현상이 생기기도 했다. 무엇보다 소셜네트워크의 장점은 재미가 있다는 것이다. 포스팅을 하다 보면 날이 곤두섰던 마음이 좀 누그러지고 뭔가 재미나게 해보자는 생각이 들곤 했다. 어느 순간부터 우리는 통의동 마을마당이라는 이름을 '통마'라는 애칭으로 바꿔서 부르기도 했다. 이름이 귀여워지자 지키고 싶은 마음이 더욱 더 생기는 듯했고 마음도 좀 더 가벼워졌다.

지금도 페이스북에서 통의동 마을마당, 혹은 통마로 검색해보면 당시 올렸던 수많은 포스팅들이 그대로 남아 있다. 그 중에는 지금 봐도 웃기는 것들이 있다. 예를 들어 정말 추웠던 2017년 1월 14일 '수백 명의 시민들이 시민달리기의 성지 통의동 마을마당에 모여 몸풀기를 하고 있다.'는 타임랩스 동영상을 올렸는데 실제 참가자는 나와 아내, 그리고 지인, 이렇

겨우 세 명이 참가한 '시민달리기대회'

게 달랑 세 명이었다. 하여간 이런 것도 행사라고 열심히 소개했다. 한편으로는 주변의 페친 여럿이 응원 차원에서 릴레이로 공원에 대한 각자의 경험과 생각을 담은 글을 올려주기도 했다. 이 모든 것이 큰 힘이 되었다.

장기전의 조짐

2016년 12월 중순으로 접어들면서 장기전의 조짐이 드러나기 시작했다. 대통령은 탄핵되었지만 촛불은 멈추지 않았다. 2016년 12월 14일 그간의 우려와 조짐은 결국 현실이 되었다. 2016년 12월 10일 이후 며칠 동안 '신청사건처리중'이란 워터마크 글자가 뜨던 통의동 마을마당 등기부 등본의 소유자 이름이 결국 바뀌었다. 한 개인과 회사였다. 공공서류에 박혀 있는 이름을 보니 이제 그 어떤 힘으로도 이를 다시 파낼수는 없을 것 같았다. 게다가 이제 청와대는 적어도 서류적으로는 이 일과 무관한 존재가 되고 말았다. 참으로 절묘한 타이밍에 빠져나간 것이다. 시스템은 정말로 강고하게 자기가 가던 길을 가고야 말았다.

　이미 그전에도 '이 상황 자체가 처음부터 잘못된 것이며, 따라서 원상복구하라는 주장을 펼 수 있지 않을까.'라는 기대에서 여러 번 모여 회의도 하고 자문도 받아보았다. 그러나 아무리 원인 제공자인 청와대가 점점 침몰하고 있는 상황이라고 하더라도 그것은 너무나도 원론적인 생각이었고 도대체 앞날을 기약할 수 없는 길이었다. 심지어, 당시 사회 분위기로 미루어 '혹시 이것도 최순실 무리의 소행이 아닐까.'라는 짐작도 나왔다. 팟캐스트 '김어준의 파파이스'에서 삼청공원과 관련된 의혹이 제기되었다는 이야기도 들려왔다. 그러나 그 격동적인 상황에서 수사 기관도 아닌 우리가 그런 의혹을 밝혀낼 방법은 없었다. 그렇다면 도대체 무엇을 할 수 있단 말인가?

결국 원론적인 문제에 집중해야 했다. 결국 문제의 핵심은 공원이었다. 공원을 살리는 것이 중요했다. 국정농단 사건은 진행 중이었고 국회에서 탄핵이 처리되었지만, 결론이 어떻게 날지는 몰랐다. 최종적으로 탄핵이 현실화된다고 해도 그것이 이 문제의 해결과 연결되리라는 기대는 비현실적이었다. 게다가 이런 상황에서 누가 공원 같은 것에 관심을 가지겠는가. 그러다가 정말 개발이 시작이라도 되면 상황은 물 건너가는 셈이었다. 시간이 흐를수록 우리는 점점 더 답답한 심정이 되어갈 수밖에 없었다.

아마 이 무렵쯤 결국 이 문제를 해결할 수 있는 유일한 존재는 애초에 이 공원을 만들었던 서울시청이 아닐까라는 의견이 공사모 내부에서 나왔던 것 같다. 다행히 박원순 시장은 임기 내내 공원의 중요성을 강조하고 있던 인물이었다. 그래서 다시 한번 시스템에 기대를 걸어보기로 했다.

등기부 등본의 변경 내용을 확인한 그다음 날인 2016년 12월 15일, 공사모 차원에서 서울시의 다산콜센터를 통해 서울시장과의 정식 면담을 요청하는 절차를 진행했다. 바로 다음 날인 2016년 12월 16일 답변이 올라왔다.

> 종로구 통의동 7-3번지에 위치한 구(舊) 통의동 마을마당은…… 더 이상 쉼터로 이용할 수 없게 된 것을 안타깝게 생각하는 바입니다.

'구(舊)'자가 눈에 와서 박혔다. 민간인으로의 소유권 이전 절차가 마무리된 것이 바로 그 전전날이었다. 이젠 더 이상 '통의동 마을마당'이 아닌 그냥 '종로구 통의동 7-3번지 대지'일 뿐이라는 것을 시스템은 너무나도 정확하게 파악하고 있었다! 그 기계적 엄정함에 오히려 감탄할 정도였다. 서울시장 면담 요청은 불발이었다.

다행히 이번에도 또 다른 시스템인 언론이 움직였다. 우선 공영방송인 KBS가 나섰다. 「시청자 칼럼, 우리 사는 세상」에서 취재 요청이 왔다. 2016년 12월 27일에 촬영이 진행되었다. 다행히 동네에 빌릴 만한 장소는 많았다. 김영빈 관장의

인터뷰 중인 정권구, 최정훈 씨

배려로 갤러리시몬 꼭대기의 근사한 카페에서 대책회의를 하는 장면을 찍었고, 이어 공원으로 자리를 옮겼다. 김상무 통장, 설재우 씨 등이 인터뷰에 응했고, 특이하게도 종로구청 공원녹지과 조경시설팀의 황성관 팀장도 현장에 나와 함께 전파를 탔다. 나도 공사모를 대표해서 마이크를 잡았다. "정말 너무하는 것 아닙니까!"라는 말을 했는데, 2017년 2월 8일에 방송이 나가자 주변 사람들이 두고두고 나를 놀렸다. 취재 과정에서 KBS는 다시 한 번 청와대에 연락을 취했다. "통의동 주민들의 청원에 대한 제작진의 질의에 대해 청와대 경호실은 어떤 입장도 밝히지 않고 있습니다."라는 자막이 나왔다. 예상대로였다.

지역 채널로서 유선방송인 티브로드(t-broad)는 두 번에 걸쳐 공원 문제를 다뤘다. 2017년 1월 23일의 두 번째 촬영에는 동네 주민이었으나 당시는 이미 다른 곳으로 이사 가있던 최정훈, 정권구 두 공사모 멤버가 인터뷰에 응했다. 이 인터뷰는 지금도 나에게 여운이 깊게 남아있다. 두 사람 모두 차분하고 인상도 훈훈한 사람들이다. 인터뷰 내용도 과격하지 않은 내용으로, 연애 시절과 결혼하여 아이를 낳아 기르면서 이 공원을 찾았던 이야기들이었다. 그리고 서로 약속이나 한 듯이 긴 겨울 코트를 멋지게 입고 왔다!

나중에 방송에 나온 것을 보니 한마디로 그림이 좋았다.

이들의 인터뷰를 지켜보면서 우리가 해야 할 일의 방향에 대한 단서를 얻었다. 원숙한 사운드 엔지니어와 그래픽 디자이너 두 사람이 보여준 메시지는 명확했다. 격렬한 구호를 외치거나 타인을 비방하는 일은 우리가 할 일이 아니었다. 사람들에게 공원이 얼마나 소중한 존재인지, 그리고 그것이 없어지는 것이 얼마나 큰일인지를 잘 알리는 것이 무엇보다 중요했다. 즉 사람들의 마음을 움직여야 했다.

시민들의 응원

우리가 믿을 곳이 또 있었다. 시민들이었다. 지금도 많은 사람들이 기억하고 있겠지만 당시 촛불집회에 참가했던 시민들은 놀라운 자제력과 질서의식을 보여주었다. 한편으로는 '장수풍뎅이연구회', '범야옹연대', '사립돌연사박물관'이 등장한 사례에서 보듯이 그 와중에 기발한 유머 감각까지 보여주었다. 이 모든 것이 참으로 초현실적인 현상이었다. 물론 대중의 심리란 언제 어디로 움직일지 모르는 것이기는 하지만 당시 우리에게 가장 큰 용기를 준 것은 바로 시민들이었다.

현수막을 걸고 유인물을 비치한 직후였다. 누군가가 포스트잇에 메시지를 적어 유인물을 담아놓은 상자에 붙였다. 지금도 그 첫 메시지가 기억난다.

공원을 사랑하는 시민 모임을 응원합니다. 고맙습니다.

그리고 또 다른 포스트잇 하나. 그리고 또 하나. 혹시나 해서 아예 포스트잇과 펜을 비치하자 며칠 만에 시민들의 메시지가 그야말로 꽃처럼 화사하게 피어올랐다.

이 공원을 지켜주세요. 제발······.
어르신들의 쉼터를 없애지 말아주세요.
어떻게 하면 지킬 수 있나요? 마을 이곳에서의 추억도 지키고 싶네요.
시내의 이런 쉼터, 잠시 숨 고르는 좋은 곳을 없애지 말아주세요.

과격한 것도 있었다. 청와대가 민간인에게 공원을 넘긴 것에 대한 분노였다.

청와대에 항의하러 갑시다. −주민
주민을 위한 청와대가 아니면 나가라, 도둑놈들!
대체 민간 누구요?

용기를 얻은 우리는 무인 서명대를 설치하기로 했다. 2016

년 12월 23일 통의동 마을마당 어귀에 나무로 만든 책상 두 개가 놓였다. 비가 올 때를 대비해서 비닐까지 덮은 무인 서명대가 등장한 것이다. 모든 준비는 통의동 마을마당 남쪽에 사무실을 둔 저명한 원로 그래픽 디자이너 정병익 선생이 도맡았다. 서명록 양식도 그분이 직접 만든 것이었다. 시민들의 서명은 불과 며칠 만에 수백 개로 늘어났다. 이후 2017년 8월 7일 물에 젖지 않는 플라스틱 테이블로 바뀔 때까지 이 나무 책상은 계속 그 자리를 지켰다. 비가 오면 누군가가 서명록을 비닐 안으로 집어넣었다. 가끔 물에 젖기는 했어도 서명록이 훼손되는 일도 없었다. 단 한 장의 서명록도 분실되지 않았고 비치한 펜도 그대로 있었다. 놀라운 일이었다.

서명록이 어느 정도 채워지면 걷어다가 보관하고, 또 새로운 서명록 양식을 비치하는 것은 나의 몫이었다. 정병익 선생의 건강이 점점 더 나빠지면서 그 일을 직접 하기 어려워졌기 때문이다. 선생은 결국 이 공원 문제의 해결을 끝까지 보지 못하고 아쉽게도 세상을 뜨고 말았다. 늦었지만 이 책을 통해 그분의 명복을 빈다. 당대의 창작인이었고, 나에게는 소중한 이웃이면서 누구보다도 열성적인 공사모의 동지였다.

나는 서명록 한 장 한 장을 꽃잎에 비유하여 '송이'라 불렀다. 한 송이에는 약 20개의 서명이 담겼다. 무인 서명대를 비치한 지 약 두 달만인 2017년 2월 27일, 서명한 사람의 숫자

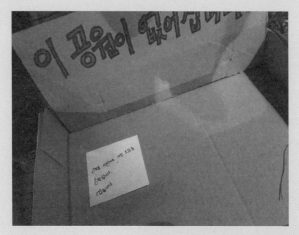

최초의 포스트잇

시민들이 포스트잇을 계속 붙여나갔다

시민들 흔적 가득한 무인 서명대

가 1000명을 넘어갔다. 최종적으로는 온라인 서명까지 포함해서 약 2000명이 넘는 시민들이 이 공원을 살리기 위한 서명운동에 동참했다. 생업이 있는지라 주말을 제외하고는 서명대를 지키고 있을 수가 없어서 무인으로 진행했던 것에 비하면 결코 적지 않은 숫자였다. 놀라운 것은 서명에 참여한 사람들의 주소였다. 그야말로 전국각지의 지명이 총출동했다. 포항, 여수, 속초, 심지어 외국 지명도 있었다. 서명한 사람들 중에는 미국의 유명한 디자인 학교인 RISD(Rhode Island School of Design)의 교수도 있었다. 한국 출장길에 공원 앞을 지나다가 상황을 알게 되었다고 했다. 경복궁과 청와대가 코앞인 이곳은 주민들만의 동네가 아니었다. 그야말로 모든 사람을 위한 곳이었다.

광화문광장

2016년 12월 24일 크리스마스 이브, 나는 세브란스병원에 입원했다.

홍통이 심해져 일과를 좀 일찍 마치고 응급실에 갔더니 갑자기 입원을 하라고 했다. 졸지에 환자복으로 갈아입고 이런저런 검사를 받으러 다녔다. 심지어 걷지도 말라고 해서 바퀴 달린 침대에 누워 온 병원을 누비고 다녔다. 진단이 내려졌는데 '관상동맥 조영 시술'을 받아야 한다며 비디오 교육까지 받게 했다. 소위 '스텐트(stent)'라는 것이다. 내심 이상했다. 몇 년 전에도 비슷한 증세로 검사를 받은 적이 있는데 오히려 심장이 아주 건강하다면서 의사가 "그 심장 저 주시면 안 됩니까?"라고 했던 적이 있었다. 그런데 몇 년 사이에 이렇게 되다니? 비교적 운동도 규칙적으로 하던 편이었는데 정말 날벼락을 맞은 것 같았다. 하필이면 당시 한창 진행되던 청문회에 등장한 김기춘 씨가 자기 심장에 스텐트가 일곱 개나 박혀있다고 하더니 나도 저렇게 되는 것인가 싶었다.

결론적으로는…… 오진이었다! 크리스마스 연휴가 지나고 월요일 아침 회진에 들어온 과장은 표정 관리를 한 번 하더니 "이 환자 당장 퇴원시켜요."라고 명령을 내렸다. 심장에는 전혀 이상이 없으며 다만 역류성 식도염의 한 증상으로 흉통이 있는 것뿐이라고 했다. 호텔 연말 패키지도 아닌, 세브란스 연말 패키지를 비싸게 하고 나온 셈이었지만 '예수님 덕분에' 그 정신없던 때 사흘을 누워서 쉰 것은 돌이켜보면 다행이었다. 의사들도 신중했던 것뿐이니 원망도 없다. 공사모에서는 당연히 기뻐했지만 나는 은근히 양치기소년이 된 것 같은 기분이었다.

마침 그날은 앞에서 이야기한 종로구청장 면담이 예정되

어 있던 날이기도 했다. 2016년 12월 26일 당일 카톡방의 대화를 보면 '혈관은 문제가 없으니 이젠 구청을 뚫읍시다.'라는 식의 대화가 오고갔다. 원로 건축가 김원 선생, 「8월의 크리스마스」를 만든 허진호 감독, 김상무 통장, 그리고 스텐트를 박지 않고 병원에서 갓 나온 내가 그 면담 자리에 참석했다. 원칙적인 이야기가 오고갔지만 적어도 구청창이 이 문제에 관심을 갖고 있다는 사실은 알 수 있었다. 다만 구청이 물꼬를 틀 수 있는 상황은 아니었다. 청와대는 업무마비 상태이므로 이제 남은 것은 서울시청뿐이었다.

공식적인 경로로 진행한 서울시장과의 면담이 불발된 것은 앞에서도 적었다. 통상 이런 경우를 맞닥뜨리게 되면 소위 '줄을 당기려는' 노력을 하게 된다. 그러나 이 일을 진행하면서 나는 일종의 민간인 자존심이랄까, 사적인 경로로 정치인을 접촉하는 것이 그다지 마음이 내키지 않았다. 하지만 이제는 별다른 수가 없었다. 당시 공사모는 다양한 경로로 서울시청과 접촉하고자 했다. 그러다가 한 가지 소식을 듣게 되었다. 박원순 시장이 당시 대권을 위한 준비로 순천을 비롯한 지방도시를 다니는 것은 물론, 일과를 마치면 광화문광장으로 나가 시민과 대화하는 행사를 열고 있다는 것이었다. 이정이 선생, 그리고 박원순 캠프에 있었던 한 지인이 그 정보를 전해주었다.

2016년 12월 28일 저녁, 소문대로 '박원순과 국민권력시대'라는 행사가 저녁 6시 30분에 광화문광장 세종대왕 동상 앞에서 열렸다. 우리는 미리 파워포인트로 만든 서류를 출력해서 들고 갔다. 그 자리에서 시장에게 모든 것을 설명할 수는 없으니 일단 이야기의 물꼬만 트고 보좌진에게 문건을 전달해서 검토를 요청할 생각이었다. 나에게 어디서 그런 용기가 생겼는지 모르겠다. 박 시장이 행사를 마치고 이동하는 순간 재빨리 다가갔다. 잠시만 시간을 내달라고 했고, 청와대 앞 작은 공원 하나의 소유권이 민간인에게 넘어간 상황에 대해 짧게 설명했다. 박 시장은 그 말을 상당히 신중하게 들었다. 이야기하던 내가 놀랄 정도였다. 그다음에 그가 한 말은 지금도 귓가에 쟁쟁하다.

　　그 공원 우리가 사야겠네요.

　　우리에게 자세한 문건이 있다고 하자 옆에 있던 문치웅 비서관에게 검토하라고 지시했다. 그리고 그는 떠났다. 3분 정도의 짧은 대화였다. 조금 어리둥절한 느낌이었다. 분명히 간절하게 기대했던 말이기는 한데, 이렇게 빨리 듣게 되다니? 뒤늦은 크리스마스 선물 같은 시장의 말을 듣고 동네로 돌아오는 발길이 마냥 가볍지만은 않았다. 꿈 속에서 뭔가에 홀린

박원순 시장을 만났다

기분이었다고나 할까. 공사모 사람들은 당연히 기뻐했지만 이내 차분해졌다. 박 시장이 약속을 지킬 수 있을까? 나아가 이것이 박 시장의 의지로 되는 일일까? 행정 기관의 일처리에 대한 이해가 있을 리 없는 우리 모임으로서는 도무지 오리무중이었다. 그래서 일단 하던 일을 계속하기로 했다. 오히려 더 강도를 높이기로 했다. 결국 시장도 시민들의 동의와 여론이 있어야 이 일을 진행할 수 있을 것 아닌가. 진짜 승부는 이제부터였다. 우리의 목표는 명확했고 구호도 새로 만들었다.

등기부 등본이 다시 바뀌는 그날까지.

세상의 많은 일들은 떠도는 소문으로 시작해서 우여곡절 끝에 한 장의 서류로 마감된다. 이 일도 그렇게 될 것이었다.

2016년 12월 31일. 촛불 집회는 이제 10차를 넘기고 있었다. 누적 인원은 1000만 명에 달했다. 다시 돌아보고 싶지 않은 한 해가 그렇게 갔다.

탄원서

박원순 시장의 약속에 고무되었지만 공원을 살리기 위한 공사모의 노력은 오히려 배가되었다. 2017년 새해를 맞아 우리가 했던 일들을 보면 그 사실을 알 수 있다. 우리는 전선을 확대했다. 우선 여러 언론 기관에 보도자료를 보냈다. 어디에서도 서울시장의 구두 약속에 대한 언급은 하지 않았다. 그간의 경과, 그리고 공원을 다시 살려야 할 당위성에 대해서만 이야기했을 뿐이다. 그리고 우리는 또 다른 방식으로 시스템적 해결을 위해 노력했다. 무려 일곱 개 기관의 기관장에게 탄원서를 보냈다. 당시까지 모았던 약 250명 분량의 서명록 사본도 첨부했다. 2017년 1월 5일의 일이었다. 당시 탄원서 발송을 위해 만든 주소록이 아직 남아 있다.

박원순 서울특별시장

서울시 중구 세종대로 110 서울시청 (04524)

황찬현 감사원장

서울특별시 종로구 북촌로 112 감사원 (03050)

양준욱 서울특별시의회 의장

서울특별시 중구 세종대로 125 서울특별시 의회 (04519)

김영종 종로구청장

서울특별시 종로구 삼봉로 43 종로구청 (03153)

김복동 종로구의회 의장

서울특별시 종로구 삼봉로 43 종로구의회 (03153)

정세균 국회의장

서울특별시 영등포구 의사당대로 1 (07233)

박흥렬 대통령 경호실장

서울특별시 종로구 청와대로 1 대통령 경호실 (03048)

우체국에서도 이런 '중후장대'한 명단은 처음 본다며 신기해했다. 당시 시점을 기준으로 이미 만났거나 간접적으로 접촉한 박원순 서울시장, 김영종 종로구청장, 황찬현 감사원장, 정세균 국회의장까지 이 탄원서 명단에 들어있는 것 또한 이유가 자명하다. 이 시점에서 서류로 공식적인 입장을 듣고 싶었기 때문이다. 1월 말에서 2월 초에 공문이 날아오기 시작했는데 결과는 완전히 실망스러웠다. 그나마 답신을 보내온 곳은 네 곳뿐. 서울특별시의회, 종로구의회, 대통령 경호실에서는 아예 답도 없었다.

받은 답도 기대한 것과는 거리가 멀었다. 국회사무처에서는 아예 "불수리사항에 해당된다."고 답을 해왔다. 이미 구청장 면담을 했던 종로구청에서도 "우리 구에서 주도적으로 토지거래를 무효화하기에는 한계가 있음을 양지하여 주시기 바랍니다."라는 답변을 보내왔다. 감사원에서는 혹시 기계가 아닌가 싶을 정도의 억양 없는 어조로 누군가가 내게 전화를 해왔다.

중후장대한 명단

선-생-님-께-서-제-기-하-신-내-용-을-검-토-해-보-았-으-
나-절-차-상-하-자-는-없-는-것-으-로-판-단-되-어……

곧 서면으로 답이 가겠지만 그래도 직접 설명하는 것이 좋
을 듯하여 연락을 한다고 했다. 솔직히 이것은 내용과 무관
하게 고마웠다. 시스템, 의외로 감성과 디테일이 살아 있구
나……. 나중에 감사원에서 보내온 공문을 통해 한 가지 사실
을 알게 되었다. 공원과 맞바꾼 삼청동의 그 주택에는 대통령
경호 시설이 들어간다고 했다. 대한민국 국민으로서 뭐라 할
이유가 없었다. 그런데 왜 하필이면 공원과 대토를 해야 하는
가? 거기에 대해서는 말이 없었다.

2017년 1월 16일 서울시에서도 탄원서에 대한 답신 공문
이 왔다. 이전의 2016년 12월 15일자 답변에서처럼 여전히
'구(舊) 통의동 마을마당'이라는 용어를 사용하는 등 기존 입
장은 변한 것이 없었다. "안타깝게 생각하는 바이며, 상기 토
지의 소유권 변동 여부는 당사자 간에 논의되어야 할 사항으
로 판단됩니다."라는 내용이었다. 이때 나도 자제력을 조금 잃
었다. 문치웅 비서관에게 전화를 했다. 내용을 검토한다고 하
더니 이게 서울시의 공식적인 입장이냐며 따져 물었다. 그도
쉽게 물러서지 않았다. 시청은 큰 조직이며 의사결정에는 당
연히 시간이 걸린다, 내부적 소통도 매번 신속하기 어렵다, 다

만 시장님의 의지가 있으니 조만간 뭔가 진전이 있지 않겠느냐, 기다려주기 바란다, 이런 내용이었다.

일리가 있었다. 기다리는 수밖에.

탄원서를 보낸 후, 갈 길이 멀다는 것을 다시 한 번 깨달았다.

2장. 통의동 마을마당을 되찾다

호랑이 굴 속으로

2017년 1월 24일, 나의 기고문 「공원은 시민의 공유지다」가 중앙일보에 실렸다. 뒤에 숨어 있지 않겠다는 나 자신의 의지를 넓은 세상은 물론, 나 스스로에게 보여준 계기였다.

(중략)

상징적인 공유지로 보호하는 길은 이미 있다. 도시계획시설 지정이라는 매우 효과적인 '무기'가 있는 것이다. '도시공원 및 녹지 등에 대한 법률 시행규칙'에 보면 설치기준 · 유치거리 · 규모 등과 무관하게 '소공원', '역사공원', '문화공원' 등의 이름으로 얼마든지 공원을 지정하고 보호할 수 있도록 돼 있다. 통의동 마을마당의 원소유자였던 서울시청이나 그동안 관리를 위임받아 온 종로구청 모두 필요할 때 쓰라고 준 이 행정적 도구를 왜 여태까지 사용하지 않고 있었을까.

(중략)

아침에 기사를 확인하고 있었는데 바로 남재경 시의원에

게서 전화가 왔다. 오전에 함께 서울시청 푸른도시국을 방문하면 어떻겠냐는 제안이었다. 기사가 나간 바로 그날 아침에 해당 부서를 바로 찾아간다는 것이 좀 불편했지만 못 갈 이유도 없었다.

아내는 이미 2016년 12월 8일 푸른도시국을 찾아가 절망하고 돌아온 경험이 있다. 내가 직접 가본 것은 이날이 처음이었다. 푸른도시국은 시청 본관이나 서소문 별관이 아니라 근처의 일반 건물에 있었다. 명함을 제시하고 이름을 이야기하니 몇몇 얼굴이 내쪽으로 향하는 것이 보였다. 책상 위에 내 글이 실린 신문이 놓여있었다. 나는 바짝 긴장했다. 호랑이 굴에 제 발로 걸어 들어온 셈이었다. 하지만 여기가 우리의 유일한 희망이었다. 푸른도시국의 입장 또한 크게 다르지는 않았다. 내부적으로 이야기를 듣기는 했으나 아직 공식적인 검토 지시는 없다고 했다. 어느 정도 예상했던 답변이었다. 대체로 원론적인 차원에서 공원은 소중하며 지켜야 한다, 정도의 대화가 오고 갔다.

다만 비용 문제에 대해서 가벼운 언쟁이 있었던 것으로 기억한다. 이제 와서 그 공원을 다시 사려면 시장 가격을 지불해야 해서 비용이 들고, 그 비용이면 다른 곳에 더 큰 공원을 확보할 수 있다는 이야기였다. 내가 뭐라 말할 수 있는 문제는 아니었지만 좀 허탈하기도 하고 답답하기도 해서 이렇게

'촛불공원'을 찾은 촛불 시위대

대답했다.

"그러니 애초에 그냥 공원으로 계속 두었으면 이런 일도 없었을 것 아닙니까."

물론 그들에게 한 말은 아니었다. 내 입에서 나온 단어들이 그야말로 먼지가 되어 허공으로 날아가는 느낌이었다. 정작 이 비난을 들어야 했을 사람은 과연 누구였을까? 푸른도시국과는 그 이후에도 몇 번 더 만났다. 공사모의 양순열 작가가 소개하여 미술계 원로인 전 국립현대미술관장 김윤수 선생을 모시고 간 적도 있었다. 그리고 보면 미술인들의 도움을 많이 받았다. 갤러리시몬을 통해 알게 된 사진작가 김우영 선생 또한 누구보다 이 문제에 공감하며 많은 격려와 도움을 주신 분이다.

공원 데리고 놀기

"이제 뭐하지?"
"즐겁게 놉시다!"
탄핵 정국은 바야흐로 절정을 향해 달려가고 있었고, 탄원서는 결국 일종의 각성제로 끝났다. 서울시청에서 기다려달라고 했으니 공사모 입장에서는 딱히 다른 할 일이 없었다. 이제까지와 다르게 즐거운 일을 만들어보자고 이야기하기 시작했다. 겨울이라 날씨는 추웠지만 공원에서 뭔가 일을 꾸미면 재미있을 것 같았다. 이미 2017년 1월 7일 제11차 촛불집회가 열리던 날 우리는 '촛불공원'이란 행사를 가진 적이 있었다. 굳이 촛불 시위와 연결시킬 의도는 아니었으나 공원을 지키고자 하는 우리의 의도를 아름답게 표현해보고 싶었다. 앞에서 이야기한 양순열 작가와 부군인 김재왕 선생이 물심양면으로 행사를 지원했다. 여러 박스의 양초와 이를 바닥에 꽂기 위한 철사가 준비되었다. 혹시나 모를 화재 위험을 대비해서 소화기도 미리 가져다 놓았다. 준비 과정에서 갤러리 아트사이드의 이동재 대표 등 많은 공사모 멤버들이 나와서 수고를 아끼지 않았다.

양초를 설치하기 시작하자 지나가던 사람들도 모여들어 자발적으로 참여하기 시작했다. 준비하는 사이에 점차 해가 지고, 양초에 불을 붙이자 너무나 아름다운 모습이 만들어졌다. 마침 공원 앞 효자로를 지나가던 촛불 시위대도 "도대체 여기가 어디야?" 하며 관심을 갖고 모여들었다. 서명록에도 그야말로 '불이 붙었다'. 덕분에 이날의 모습은 수많은 동영상과 사진으로, 페이스북과 인스타그램을 타고 널리 퍼져 충실히 기록되었다. (이 글을 쓰고 있는 지금, 통의동 마을마당을 구하는

완성된 '촛불공원'

전 과정을 소개하는 다큐멘터리가 제작되고 있기도 하다.) 이날의 행사는 미학이 중요하다는 사실을 다시 한 번 깨닫게 된 계기였다. 수원 화성을 지을 때, 지나친 화려함으로 예산이 과도하게 들어가는 것을 지적하는 신하들에게 정조가 했다는 말이 생각났다.

"아름다움이 강함을 이길 것이다."

문제가 있었다. 2016년 12월 14일 이후로 이곳은 법적 사유지였다. 물론 공원은 그대로 개방되어 있었지만 문제가 될 소지가 있다고 판단했다. 그래서 주변의 법조인들에게 자주 조언을 구했다. 오다현, 이지은 변호사 등이 우리에게 든든한 지원군이 되어주었다. 오다현 변호사는 대토 과정이 공정했는지를 보기 위해 공시지가를 검토해보는 등 세부적인 측면에까지 관심을 기울였다. 이지은 변호사는 공원의 법적 지위와 그에 따른 대응 요령 등에 대한 조언을 아끼지 않았다. 한 사람 더, 국회의원 출신의 최재천 변호사가 있었는데 그에 대한 이야기는 후에 하기로 한다.

모든 조언을 종합하면 다음과 같았다. 소유주 측의 적극적인 공지 행위가 없는 상황에서 단순히 공원을 이용하는 것은 별 문제될 것이 없다. 다만 인력으로 쉽게 옮기기 어려운 물건을 적치하는 등의 행위는 가급적 하지 말아야 한다. 심지어 다년초를 식재하여 영농 행위를 하면 소유주가 함부로 뽑아가지 못한다는(!) 신기한 제안도 나왔는데 실행에 옮기지는 않았다. 한 시민단체는 개인적 입장임을 전제로 아예 공원을 점거하라는 의견도 주었다. 솔깃한 이야기였지만 우리는 공원 문제가 종료되면 그냥 일상으로 돌아가야할 평범한 사람들이었다. 법의 한계에 무리하게 도전하는 일을 하지 말자고 이야기를 모았다.

그때 가장 두려웠던 것은 어느 날 갑자기 공원에 가설 펜스가 쳐지고 거기에 '사유지이므로 침입을 금함. 법무법인 ○○.'라는 표지가 붙는 것이었다. 물론 그런 경우 싸움은 완전히 다른 차원으로 비약되었겠지만, 그런 일은 일어나지 않았다. 우리의 상대가 어떤 생각을 하고 있었는지는 알 길이 없다. 아마 영원히 알 수 없을 것이다.

우리는 '촛불공원'의 아름다움에 매료되었지만 계속할 수는 없었다. 준비와 설치에 너무 손이 많이 갔고 무엇보다 그 다음 날 아침 공원 바닥에 떨어진 촛농을 제거하느라 추운 날씨에 고생을 너무 많이 했기 때문이었다. 그래서 다른 방식으로 빛을 가지고 놀 수는 없을까 생각하기 시작했다. 마침 우리에게 나이트클럽에서 쓰는 미러볼이 있었다!(왜 이런 것을 갖고 있냐고 묻는 말기를.) 통의동 마을마당에는 전기 콘센트가 없었고 심지어 공원의 소유권이 이전되면서 단전되어 가로등도 들어오지 않고 있었다. 종로구청 공원녹지과는 이미 공원 관리를 포기했던 것 같다. 역설적이지만 전기가 들어오지 않아 어두웠던 덕분에 '촛불공원' 행사도 효과가 더 클 수 있었다. 이번에는 단전을 항의하는 의미에서 미러볼 행사를 준비했다. 목련원에서 담장 너머로 전기를 끌어다가 미러볼을 설치하고 앰프로 음악도 크게 틀었다. 당연히 지나가던 시민들의 관심을 끌었다. 사람들은 빛 못지않게 음악에도 민감하게 반응한다는 것을 새삼 깨달았다.

당시 가장 가슴을 파고 들었던 음악은 디어클라우드의 「사라지지 말아요」였다. 제12차 촛불집회가 있던 2017년 1월 14일 저녁, 우리는 공원에 미러볼을 설치하고 이 노래를 크게 틀었다.

무엇이 그댈 아프게 하고 무엇이 그댈 괴롭게 해서

아름다운 마음이 캄캄한 어둠이 되어 앞을 가리게 해

다 알지 못해도 그대 맘을 내 여린 손이 쓸어내릴 때

천천히라도 편해질 수만 있다면 언제든 그댈 보며 웃을게

사라지지 말아요 제발 사라지지 말아

고통의 무게를 잴 수 있다면 나 덜어줄 텐데

도망가지 말아요 제발 시간의 끝을 몰라도

여기서 멈추지는 말아요

이젠 놓아줘 그대의 오래된 무거운 짐을 이제는 쉬게 해도 돼

우릴 본다면 그만

사라지지 말아요 제발

도망가지 말아요 제발

사라지지 말아요 제발 시간의 끝을 몰라도

여기서 멈추지는 말아요

사랑에 빠지면 모든 가요가 자기 노래처럼 들리듯이 당시 공원을 구하기 위해 발을 동동 구르던 우리에게 이 노래는 마치 위로의 손길처럼 느껴졌다. 이 글을 쓰고 있는 2019년 초 같은 노래가 을지로 철거 현장에서도 울려 퍼진다고 들었다.

사라지지 말아요, 제발, 사라지지 말아요, 제발⋯⋯.

기억나는 노래는 또 있다. 2017년 1월 21일에는 눈이 많이 왔다. 아침에 지나가면서 보니 인근 식당 '메밀꽃 필 무렵' 주인이 통의동 마을마당의 눈을 치우고 있었다. 이분 역시 부인과 함께 공사모에서 함께 활동했다. 누가 하라고 해서 한 일도 아니고 스스로 한 자발적인 행동이었다. 역시 조직력에 의지하지 않고 스스로 알아서 하는 이런 방식이 우리에게 훨씬 자연스러웠다. 저녁이 되어 제13차 촛불집회가 열렸고 시

머리에 불도 들어오는 로봇

위대가 다시 효자로를 지나기 시작했다. 인근 보안여관에서 좀 더 강력한 미러볼(!)을 빌려다가 이번에는 하드록을 틀었다. 마침 눈이 오고 난 다음이어서 효자로 일대는 한밤중에도 눈이 화사하게 빛을 반사하고 있었다. 울려 퍼진 노래는 메탈리카(Metallica)의 「엔터 샌즈맨(Enter Sandsman)」. 그때의 효자로는 이전에 익숙하던 그 유서 깊은 거리가 아니었다. 아마 경복궁도 놀랐을 이날, 청와대 앞에서의 시위를 마치고 내려오는 사람들은 이 흔치 않은 광경을 매우 신기해했다.

2017년 1월26일, 우리는 다시 한 번 법률 자문을 받아 쉽게 움직일 수 있는 크기의 조각 작품 여러 개를 공원에 설치했다. 소유주가 항의를 해도 쉽게 이동할 수 있는 것이면 큰 문제는 없을 것이라고 했다. 양순열 작가가 「호모 사피엔스」라는 자신의 작품 여섯 점을 제공했다. 금속 로봇 형상으로 머리에 LED 조명까지 갖추어 불이 들어왔다. 이 여섯 점의 작품은 비바람을 맞아가며 1년 넘게 통의동 마을마당을 지키다가 2018년 2월 1일 다시 작가에게 반환되었다.

2017년 2월 무렵 포켓몬GO 열풍이 불었다. '역세권'에 이어 '포세권'이라는 단어가 등장했다. 호기심에 앱을 설치해보니 통의동 마을마당에도 포켓몬이 많이 출몰하고 있었다! 즉시 이 사실을 페이스북에 공개하고 좀 더 많은 사람들이 그 장소에 와서 포켓몬GO를 즐기도록 독려했다. 심지어 IT 분

'포세권' 통의동 마을마당

푸크린이 나타났다!

야에서 일하는 친구를 통해 포켓몬GO 배급사인 나이앤틱을 접촉, 혹시 통의동 마을마당에 포켓몬판 도장 깨기 시설인 '체육관'을 설치해줄 수는 없는가를 문의하기도 했다. 안타깝게도 불가능하다는 답변을 받았다.

2017년 2월3일 통의동 마을마당에 자체적으로 LED 조명을 설치했다. 여전히 공원으로 사용되고 있었기 때문에 사람들이 계속 오고 있었다. 그러나 단전되어있어서 밤이면 완전히 깜깜해 안전사고의 위험도 있었다. '지금 여기서 사고라도 나면 그 책임은 누구에게 있을까?' 이런 이야기도 서로 주고받았다. 공원 한가운데에 있는 커다란 느티나무 아래에 상향으로 조명을 설치하니 완전히 다른 분위기가 되었다. 전원은 역시 목련원에서 공급했고 타이머를 달아서 해가 지면 자동으로 켜지고 해가 뜨면 다시 꺼지도록 했다. 어두웠던 공원에 다시 조명이 들어오니 오히려 마음은 한없이 어두워졌다. 20년 동안 시민의 사랑을 받아온 이 작은 공원은 모든 공공 기관들로부터 버림받고, 이제 한 줌도 안 되는 사람들이 자치적으로 관리하는 곳이 되어가고 있었다.

2017년 2월 9일, 그동안 꺼져있던 가로등이 다시 들어왔다. 종로구청 공원녹지과에 지속적으로 민원을 제기한 결과였다. 공원이 다시 돌아온 것 같은 기쁨이 있었다. 자체적으로 설치한 LED 조명을 철거했다. 절망 속에서도 작은 불빛이 반짝거리는, 그런 날이었다.

거동 수상자

2017년 2월이 되면서 촛불집회는 14, 15, 16, 17차로 계속 이어졌다. 누적 인원은 1500만 명이 넘었고 무인 서명대의 서명록에도 1000개 이상의 서명이 모였다. 상황의 방향성은 갈수록 뚜렷해졌지만 오히려 역동성은 줄어들었다. 여전히 뜨겁되, 일종의 소강상태였다. 그 폭풍 속의 고요 같은 나른한 긴장감을 일순에 깬 사건이 발생한 것은 구정이 바로 지나서였다.

동네에 소문이 돌았다. 검은색 승용차를 탄 누군가가 며칠 전부터 나타나 공원에서 한참 동안 시간을 보내다가 사라진다는 것이었다. 물론 여기까지야 이상한 점이 하나도 없다. 그것이 공원의 존재 이유이기 때문이다. 문제는 그 사람이 서명록을 들춰가며 사진을 찍는다는 것이었다. 그건 정말 있을 수 없는 일이었다. 소식을 들은 지 며칠 후인 2017년 2월 1일, 외출했다가 돌아오니 정말 검은색 승용차가 공원 앞에 주차되어 있었고 검은색 파카를 입은 건장한 남자가 공원 안을 어슬렁거리고 있었다. 좀 더 지켜보니 그가 서명대로 다가가기 시작했다. 그리고는 정말로 서명록을 한 장씩 들춰가며 사진을 찍는 것이었다! 이름과 주소, 전화번호를 적게 되어 있는 서명록이었다. 그야말로 개인정보가 고스란히 담겨 있었다. 대부분은 내가 그때그때 수거하여 잘 보관하고 있었지만 요 며칠 바빠서 나가보지 못했던 참이었다.

나는 그를 향해 빠른 걸음으로 다가갔다. 먼저 주차되어 있는 차량의 번호판을 찍었다. '허'로 시작되는 번호였다. 아마 단기 렌트카가 아니었을까. 빌린 차량을 몰고 와서 공원의 서명록 사진을 찍는 건장한 남자…… 그에게 다가가서 사진은 왜 찍느냐고 물었다. 그는 거친 눈초리로 나를 위아래로 훑어보며 당신이 알 바 아니니 비키라고…….

아니, 이런 일은 일어나지 않았다. 나는 그에게 말을 걸지 않았다. 솔직히 두려웠다. 게다가 그가 누구건, 왜 사진을 찍건 이 문제는 내가 해결할 수도 없고, 또 그래서도 안 된다고 생각했다. 그대로 그를 지나쳤다. 조금 더 내려가면 통의동 파출소가 있었다. 경찰에게 그의 차량 사진을 주며 공원에서 누군가가 서명록의 사진을 찍는 등 첩보 활동으로 보이는 행위를 하고 있으니 '거동 수상자'로 신고한다고 말했다. 즉 간첩 신고를 한 것이다.

청와대 앞의 거동 수상자…… 시스템이 알아서 처리할 문제였다. 그는 다시 나타나지 않았다.

4·19혁명

'통의동 마을마당'이란 이름으로 인터넷을 검색하는 것은 이제 일과가 되었다. 세상이 이 일을 어떻게 보고 있는지 궁금했다. 2017년 2월 20일 흥미로운 문서 하나가 검색되었다. 서울시청에서 통의동 마을마당과 관련해 내부 간담회가 열렸고, 이를 위해 시청 근처로 짐작되는 한 식당에서 몇 인분의 식대가 지출되었다는 내용이었다. 이런 내부 문건이 정보공개 청구나 감사가 아니라 단순 인터넷 검색으로 올라온다는 것이 이상했지만 적어도 우리에게는 고무적인 소식이었다. 시청의 누군가가 움직이고 있었다!

세상의 관심도 이어졌다. 정림건축문화재단에서는 아예 공공장소가 갖는 사회적 의미와 문제점에 대한 장기 포럼을 시작했고 나는 그중 한 꼭지에 연사로 초청되었다. 포럼의 제목은 '리-퍼블릭(Re-public)'이었다. 원래 공화국이란 의미지만 공공에게 다시 되돌린다는 의미를 명확히 하기 위해 철자 사이에 '-'을 넣었다. 나로서는 통의동 마을마당과 관련된 상황을 자세하게 설명하고 앞으로의 과제, 우리에게 공원이 갖는 의미 등에 대해 이야기할 수 있는 기회였다. 무엇보다 그간 해온 일들을 차분하게 돌아볼 수 있어서 좋았다.

청년들이 주축이 되어 만드는 '티팟'이라는 인터넷 매체에

나의 작은 아버지, 황건

서도 관심을 가지고 특집을 구성해서 공개했다. 작은 불빛 하나가 꺼지지 않고 계속해서 타오르고 있는 느낌이었다.

3월이 되고, 이제 완전히 정기 주말 행사가 된 촛불집회는 18차, 19차로 이어졌다. 날도 어지간히 풀려서 슬슬 봄기운도 느껴졌다.

2017년 3월 10일, 헌법재판소는 대통령 박근혜를 파면했다.

2017년 3월 11일 촛불집회는 드디어 20회를 맞이했다. 서명대를 지키러 통의동 마을마당에 나가 있었는데 한낮의 효자로를 가득 채운 인파 속에서 익숙한 목소리가 들렸다. 작은아버지였다. 아버지의 남자 형제들은 다 돌아가시고 유일하게 남아있는 분이다. 내 소식도 신문을 읽어서 알고 계셨다.

"일은 어떻게 되어가니?"

"솔직히 뭐가 뭔지 잘 모르겠고 그냥 열심히 하고 있어요."

그렇지 않아도 작은아버지께 궁금하던 것이 있었다. 작은아버지의 성함은 황건, 4·19혁명을 기리는 4월 혁명회의 상임의장을 지내셨다. 1960년 4월 19일, 그 '피의 화요일'의 구체적인 상황이 항상 궁금했다. 통의동 마을마당보다 조금 더 북쪽, 한때 진명여고가 있던 그 부근에서 사상자가 가장 많이 발생했었다고 했다.

"그런데 4·19묘지는 수유리에 있고 정작 이 부근에는 아무런 표식도 있지 않는 것이 좀 이상하지 않으세요?"

"그러네, 네가 한 번 만들어보렴."

이미 그전부터 공원을 살리는 여러 방법과 명분을 궁리하다가 그중 하나로 4·19역사공원으로 조성하면 좋겠다는 생각을 해본 적이 있다. 역사공원은 도시계획시설인 도시공원의 한 종류로서 '도시공원 및 녹지 등에 관한 법률'에도 등장한다. 다행히 규모에 제한이 없어 통의동 마을마당처럼 면적이 작아도 문제되지 않는다. 시민 휴식처로의 성격은 유지하면서도 너무 무겁지 않게 중요한 역사의 현장을 기리는 기념물을 설치하면 좋을 것 같았다. 작가는 널리 현상공모를 통해 선정하고, 비용은 우선 나부터 시민 모금으로 시작하고……

작은 아버지는 1939년생이다. 4·19혁명 당시 경무대를 향해 진격하던 만 21세 홍안의 청년이었을 그가 이제 70대 후반의 노인이 되어 바로 그 현장에서 당시 상황을 회상하는 모습을 바라보노라니 만감이 교차했다. 그 조카인 나 역시 청와대가 만든 문제를 해결하려고 동분서주하고 있었다. 역사와 개인사가 서로 맞물려 반복되고 있었던 것일까. 정말이지 '나는 누구, 여기는 어디?'라는 것이 당시의 솔직한 느낌이었다. 이 지면을 빌려 통의동 마을마당에 4·19혁명을 기념하는 작은 조형물을 설치하는 아이디어를 제안한다. 바로 현장에서

4·19정신을 기릴 수 있는 무언가가 필요하다고 생각한다. 이 공화국이 유지되는 한, 그 누구라도 이 공원을 다시 어떻게 하지 못할 것이다.

2017년 3월 12일

파면되어 더 이상 대통령이 아닌 박근혜가 드디어 청와대를 떠났다.

그날은 일요일이었다. 모처럼 외출했다가 그날 저녁에 그가 퇴거한다는 소식을 듣고 부랴부랴 택시를 타고 동네로 돌아왔다. 이미 효자로 변에 사람들이 모여 있었다. 정확하게 저녁 7시 17분 차량과 오토바이의 행렬이 경광등을 반짝이며 통의동 마을마당 앞을 지나갔다. 그중 하나에 그가 타고 있을 것이었다.

그는 공원에 걸린 현수막을 보았을까?

이 상황에 대해 알고 있었을까?

만약 알았다면 2011년의 이명박 대통령이 그랬던 것처럼 "주민들에게 피해가 가는 일을 절대 하지 말라."며 역정을 냈을까?

나는 모른다. 이 역시 영원히 알 수 없을 것이다.

질주하는 차량과 오토바이의 행렬 너머로 빨간 배달통을
단 오토바이가 영추문 앞을 빠르게 지나갔다. 역사의 한 페이
지가 넘어가는 그 순간에도 위대한 일상은 아무 일 없다는 듯
이 계속되고 있었다. 순식간에 벌어진 이 모든 상황을 50초
남짓 분량의 동영상에 담았다.

공원에는 여전히 현수막이 걸려있었다.

'청와대가 이 공원을 민간에게 넘겼습니다. 우리 모두의
이 공원을 지켜주세요.'

실질적으로 청와대가 텅 빈 그 상황에서 이 현수막의 문구
는 오히려 더 강렬하게 다가왔다. 그렇다, 이제 모든 노력의
방점은 오직 이 공원을 지키는 것에 찍혀야 한다. 길고 요란
한 행렬이 모두 지나간 다음 공원에 들어가 한참을 앉아있었
다. 공원에게 다시 말을 걸었다.

"얘, 그 사람들 이제 다 떠났다."

"그러네요……."

"이제 어떻게 해야 하지?"

"글쎄요."

"우리가 알아서 할게."

"네……."

어둠이 깔려 적막한 공원의 사진을 한 장 찍어 페이스북에

그날 밤의 통의동 마을마당

글과 함께 올렸다.

> 청와대가 비워진 첫날 밤 통의동 마을마당의 모습입니다.
>
> 이 공원을 팔아버린 세력의 핵심은 몇 시간 전 바로 이 앞길을 달려 동네를 영원히 떠났습니다.
>
> 이제 본격적으로 통의동 마을마당을 구합시다.

엉뚱한 상상

시간이 지나가고 희망과 절망의 교차는 계속되었다. 이미 종로구청 공원녹지과에서는 민간인 소유자로부터 상업 용도로 개발을 하려고 하니 공원시설물을 빨리 치워달라는 요청이 있었다는 말을 전한 바 있었다. 법적 측면에서는 도저히 맞설 수 없는 요청이어서 마음은 당연히 불안해질 수밖에 없었다. 우리의 모든 노력에도 불구하고 정말 이렇게 공원이 사라진다면 어떻게 될까? 과연 서울시가 사는 것 말고는 방법이 없는 것일까. 만약 서울시가 포기하거나 시도는 했는데 불발로 그친다면 어떻게 해야 할까?

절박하면 때로 머리가 이상한 방향으로 돌아가는 경우가 있다. 최후의 보루는 '문화재보호법'이라는 생각이 들었다. 통의동 마을마당은 경복궁 바로 옆, 역사의 층위가 두터운 곳이다. 어차피 사대문 안에서 개발이 이루어지려면 문화재 조사가 필수적이다. 대부분은 그냥 지표 조사나 시굴 조사로 끝나지만 경우에 따라서는 전면 발굴 조사로 이어지기도 한다. 심지어 지하에 유적 전시관을 만들라고 하거나 아예 지하를 못 파게 하기도 한다. 이미 이 동네에 그런 사례들이 여럿 있었다. 바로 인근에 있는 아름지기와 보안여관, 일암재 등은 지하에 유적 전시관을 만들었고 갤러리시몬 등은 지하를 개발하지 못했다. 만약 정말로 중요한 유적이나 유물이 발견된다면 아예 개발이 불가능할 수도 있다.

지금 생각해보면 정말 말도 안 되지만, 그때 이런 이야기도 오갔다. 국립중앙박물관 뮤지엄샵에 가면 신라 금관 모조품을 파는데, 그걸 사다가 접고 구기고 망가트린 후 염산도 붓고 해서 완전히 오래된 것처럼 보이게 한 후, 밤에 공원에 나가 몇 미터 깊이로 묻자는 것이다. 정말로 누군가 집을 짓게 되면 신라 금관이 '발굴'될 텐데 그러면 삼국 시대 역사를 완전히 다시 써야 하고, 신라의 수도가 서울에도 있었던 것이 되고, 통의동 마을마당은 역사소공원으로 지정되어…….

그만큼 절박했다.

봄기운

봄기운이 완연해졌다. 낮이면 제법 따뜻해서 공원에 나가 글을 쓰거나 책을 읽었다. 소식을 들은 사람들이 함께 와서 책을 읽기도 했다. 당시 읽었던 책들은 『도시의 공원』(케이티 머론 등, 마음산책), 『오리무중에 이르다』(정영문, 문학동네) 등이었다. 제목을 돌아보니 당시 나의 심정이 모두 반영되어 있는 것들이다.

2017년 3월 18일 모처럼만에 청소를 했다. 가로등 전원이 끊겼다가 다시 들어오고 하는 과정에서도 공원의 기본 관리는 되고 있던 참이었다. 역시 종로구청 공원녹지과의 소관 업무였을 텐데 뭐는 되고, 또 뭐는 되지 않고, 그야말로 오리무중이었다. 청소 도구와 종로구 쓰레기 봉투를 들고 나가 쓰레기를 주워 담았다.

2017년 3월 24일 금요일. 어린이들 한 무리가 찾아왔다. 인솔 교사로 짐작되는 분이 동행한 것으로 보아 인근의 정부서울청사 창성동 별관에 있는 어린이집에서 온 것 같았다. 그렇다면 이 아이들은 서울청사에서 근무하는 공무원들의 자녀들일 것이다. 창성동 별관에는 이렇다 할 옥외 공간이 없어 가까운 통의동 마을마당을 찾은 듯했다. 어린이들이 통의동 마을마당에서 수업을 하는 모습을 보니 내 마음에도 봄이 온 것 같았다. 이 공원이 없어지면 이들은 어디로 가게 될까? 이들의 부모인 공무원들은 자기 자녀들이 뛰놀던 공원이 없어지는 것에 대해 어떤 반응을 보일까?

2017년 3월 25일 토요일. 공원에 나가 책을 읽는데 또 한무리의 어린이들이 몰려와 철봉에 매달려 한참을 놀다가 갔다. 어른이건 청소년이건 어린이건 누구라도 여기에 찾아오는 것은 반가운 일이었다. 촛불집회는 이제 21차였고 서명록에 서명한 시민은 1200명을 넘기고 있었다.

4월이 되면서 집회는 22회를 맞았다. 2017년 3월 10일 헌법재판소에서 탄핵 소추안이 인용 결정되면서 60일 이내에 조기 선거를 치러야 한다는 관련 법규에 따라 이미 전국이 선거 열풍에 휘말려있었다. 공사모도 그냥 있을 수는 없었다. 2017년 4월 25일 지난 정권에서 진행된 대토 절차의 정당성, 그리고 통의동 마을마당에 대한 입장을 밝히라는 질의서를 각 정당 홈페이지에 올렸다. 각 정당의 실제 세력에 구애받지 않고, 홈페이지가 개설되어있는 정당에는 모두 보냈다. 지난번 탄원서 건도 있고 해서 이런 식의 서면 질의는 거의 효과가 없을 것임을 모르지 않았지만, 어떤 의미에서는 오히려 그랬기 때문에 다시 한 번 시도해보기로 했다. 결과는? 아무 정당도 답변하지 않았다. 좀 더 정확히 이야기하자면, '아무 정

봄맞이 청소

아이들은 공원의 주인이다

공원에서 수업하는 아이들

당도 답변하지 않았다는 사실'을 하나 확보했다.

2017년 4월 29일에는 아예 공원에서 책읽기 행사를 열었다. 김재왕, 최정훈, 김기재 등 공사모 회원들 말고도 과학저술가인 이명현 등이 동참해서 함께 책을 읽었다. 날이 제법 화창해져서 공원 안팎으로 꽃이 피고 있었다. 찾아오는 사람, 유인물에 관심을 갖는 사람, 서명록에 서명을 하는 사람들도 늘어났다.

2017년 5월 2일 권인숙 명지대 교수가 《한겨레신문》에 「청와대 옆에 사람이 살고 있다」는 글을 실었다. 인근 부암동 주민이기도 한 그는 청와대 인근 지역의 상황을 잘 알고 있었다. 통의동 마을마당에 대해서도 언급했는데 마침 그 무렵 내가 페이스북에 썼던 내용을 인용했다. "취임식 첫날 대통령이 청와대로 가기 전 통의동 마을마당에 들러, 주민이 건네주는 빗자루로 딱 1분만 공원을 쓸고 휴지도 줍고 나서 주민들에게 박수 받으면서 가셨으면 한다고. 그래서 '이 동네의 새 주민'이 되셨으면 한다고."

2017년 5월 10일 문재인 대통령이 취임했다. 마침 점심을 먹고 돌아오는데 취임행렬이 접근하고 있다는 소식이 들려왔다. 통의동 마을마당 앞에 서서 새로운 대통령이 효자로를 따라 올라오는 모습을 동영상에 담았다. 정확히 같은 장소에서 두 전현직 대통령이 서로 다른 방향으로 이동하는 모습을 담은 동영상을 찍은 셈이었다. 권인숙 교수의 기사도 있고 해서 혹시나 하는 마음이 있어 빗자루를 준비해두었지만(!) 역시나 대통령의 행렬은 청와대로 직행했다. 이날 나는 주황색 바지를 입고 있었는데 그게 방송에 나왔다고 몇몇 지인이 연락을 해왔다. 내가 서 있던 그곳이 혹시 통의동 마을마당 아니냐며.

법조인의 도움

통의동 마을마당을 구하는 과정에서 몇몇 법조인들의 도움을 받은 것은 앞에서도 이야기했다. 사실 이 책을 펴내면서도 지속적으로 도움을 받았다. 그중 최재천 변호사를 만난 것은 2017년 3월 28일의 일이었다. 당시 나는 해외 사례 등을 조사하면서 공원의 법적 지위 등에 대한 내 나름의 연구를 하고 있던 참이었다. 특히 영국과 미국의 '공유지(commons)'라는 개념에 주목해서 혹시 그런 논리를 통의동 마을마당에 적용할 수는 없을까 궁금해하던 참이었다. 주변 사람들과 이런 이야기를 하는 과정에서 최재천 변호사 이야기가 나왔고, 지인을 통해 연결될 수 있었다. 당시 그는 국회의원을 그만두고 로펌

박근혜 전 대통령의 차량 행렬이 청와대를 떠났다

통의동 마을마당 앞을 새 대통령이 지나갔다

을 운영하고 있었다. 하필 그가 생각났던 것은 국회위원 시절에 그가 보여준, 대정부 질의나 청문회에서의 발언 등이 매우 강렬한 기억으로 남아 있기 때문이었다. 하도 언변이 강렬해서 '영혼 탈곡기'라는 별명이 붙었다고는 하지만, 내가 받은 인상은 오히려 철저하게 법의 정신에 근거해서 사고하는 태도였다.

그는 초면인데도 불구하고 최근에 감명 깊게 읽었다며 『약속의 땅, 이스라엘』(아리 샤비트, 글항아리)이라는 책을 선물했다. 내가 전후 상황을 설명하자 한국의 법률 체계로는 가능성이 거의 없지만, 법리적으로는 흥미로운 이야기라며 성문법과 불문법의 차이 등에 대한 설명도 해주었다. 아무리 지인의 소개라지만 바쁘기 짝이 없는 사람이 내 이야기를 들어준 것만으로도 고마운 심정이었다. 책까지 선물받고 그와 헤어졌다.

그런데 며칠 후인 2017년 4월 4자로 그가 운영하는 로펌인 법무법인 헤리티지로부터 '통의동 마을마당 검토 결과 보고'라는 문서가 하나 배달되어 왔다. 읽어보니 나와 주고 받은 내용에 대해 법률적으로 검토한 것을 정리한 내용이었다. 간단히 요약하자면 법률적으로 해결하기는 어렵고, 여론이 중요할 것이라는 내용이었다. 이렇게 진지하게 답변해준 것에 대해서 지금도 매우 고맙게 생각한다. 이 일을 하면서 만난, 가장 기억나는 사람 중 한 명이다.

반전의 징후

우연이었을까.

봄이 오고, 새 대통령이 취임하고, 5월이 되면서 통의동 마을마당과 관련된 상황에 조금씩 변화가 생기기 시작했다. 그 첫 징후는 내가 중앙일보에 기고한 지 얼마 되지 않은 어느 날 걸려온 한 통의 전화였다.

"저 박원순인데요."

"네?"

"서울시장 박원순입니다."

"아…… 네, 시장님."

"제가 그 공원 구한다고 분명히 말했는데 왜 자꾸 신문에 글 쓰고 그러세요?"(웃는 말투로.)

"아, 네……. 저희가 계속 떠들고 이야기해야 시장님 하시는 일에도 힘이 실리지 않겠습니까?"

"하하, 그렇죠. 하여간 제가 약속을 지킬 테니 편안하게 생각하고 계세요."

"네, 감사합니다."

정말 깜짝 놀랐다. 설마 서울시장이 직접 연락을 하리라고는 생각하지 않았다. 그와의 짧은 대화는 우리에게 다시 한 번 용기를 주었다. 다만, 나는 일을 신중하게 하자는 생각에서 이 사실을 공사모 내부에서만 공유했을 뿐 대외적으로 알리지는 않았다. 확실히 문서로 된 근거가 나올 때까지 기다리기로 했다. 물론 우리의 활동도 쉬지 않았다. '등기부 등본이 바뀌는 날까지'가 우리의 모토였으니까.

글의 힘

2017년 5월 16일 문제 해결의 첫 물꼬가 터졌다. 《한겨레신문》에 남은주 기자의 「우여곡절 '통의마당' 다시 시민 품으로」라는 기사가 올라왔다. 통의동 마을마당 소개와 그간의 경과 등도 함께 소개되었는데 눈에 와서 꽂히는 부분이 있었다.

> 16일 서울시의 한 관계자는 "청와대가 소유했다가 민간에 넘긴 '통의동 마을마당'(통의마당)을 매입하기로 했다. 박원순 시장이 마을 쉼터와 공공 공간 보존을 위해 공원 기능을 유지할 방안을 찾도록 지시했다'고 밝혔다. 시는 매입과 도시계획시설 지정 등을 검토 중이다.

우리가 해오던 주장이 모두 받아들여지고 있었다! 그때의 심정은 이 신문 기사로 노래를 만들어 부르고 싶었다고나 할까. 이번에는 이 기사를 페이스북, 트위터 등에 공유해서 널리 알렸다. 이전의 모든 기대와 희망과 계획이 '말'이었다면 이번에는 '글'이었다. 글이 말보다 더 힘이 있다고 믿었다. 하지만 우리는 금세 냉정을 되찾았다. 아직 끝난 것이 아니었다. 공원은 아직도 민간 소유가 아니던가. '절대 팔지 않겠다!'고 하면 그만 아닌가. 물론 도시계획시설 지정은 강제성이 있는 절차다. 그러나 모든 일은 끝날 때까지는 끝난 것이 아니다. 우리는 역시 하던 일을 계속 하기로 했다. 오히려 더 목마르게, 더 가열차게 밀어붙이기로 했다. 아직 등기부 등본은 그대로였으니까.

이 기사의 말미에 행사 하나가 소개되어 있었다. 마침 우리가 준비하고 있던 행사였다. 이 동네에 살던 분 중에 책 낭독회로 유명한 박사라는 분이 있었다. 성이 '박'이고 이름이 '사'다. 그분에게 연락해서 마침 날도 화창한데 공원에서 낭독회를 하실 수 있겠냐고 물었다. 흔쾌히 하겠다는 답변이 돌아왔다. 박사 씨는 사전답사까지 하는 등 행사 준비를 위해 신경을 많이 썼다.

나는 나대로 다른 준비를 해야만 했다. 다름 아닌 사전집회 신고 절차를 밟는 것이었다. 촛불집회는 종료되었고 새 대통령도 취임했지만 모든 것이 아물지 않은 상처 같이 민감하던 시절이었다. 좋은 취지로 하는 행사가 갑자기 중단되거나 오해를 사는 일은 없어야 했다. 통의동 파출소에 가니 종로경

공사모 회원들과 전정을 진행했다

'박사의 책 듣는 밤' 행사

찰서에 가보라고 해서 거기서 상황을 설명하고 사전집회 신고서를 작성해서 제출했다. 나중에 전화가 왔는데 현실적으로는 공공장소이기도 하고, 특별히 정치적 구호를 외치거나 하지 않는다면 집회로 간주하지 않아도 될 것 같다는 답변이었다. 어쨌거나 사유지에서 집회를 하려는 상황에 대한 시스템의 입장도 궁금하던 차에 마음이 가벼워졌다.

2017년 5월 20일 당일, 날씨가 마침 주문한 것처럼 좋았다. 오후에 공사모 멤버들이 모여 길게 자란 공원의 나뭇가지들을 전정했다. 공원이 다시 말끔해진 것을 보니 마음이 뿌듯했다. 늦은 오후가 되자 하늘은 마치 여러 종류의 파스텔을 연하게 풀어놓은 것 같았다. 봄에서 여름으로 넘어갈 무렵이면 하늘이 마법을 부리는 것 같은 때가 가끔 있는데 그날이 그랬다. 나에게 있던 앰프며 마이크며 조명도 설치해놓고 의자도 여러 개 가져다 놓았다. 공사모 회원 몇몇이 미리 와서 함께 준비했다. 행사는 마침 '개늑시(개와 늑대의 시간)'라 불리는 저녁 6시 30분에 시작되었다. '제46회 박사의 책 듣는 밤, 어느 저녁 공원에서 책을'이라 이름 붙인 이날 행사에서 박사씨는 약 한 시간 동안 낭독회를 진행했다. 모인 사람들 모두 표정과 몸짓이 느긋했다. 이 공원에서 정말 오랜만에 느껴보는 감정이었다. 이전까지는 전쟁터 같았는데……. 다들 기록

공원을 찾은 박원순 서울시장

에 열심이었다. 이날 행사 또한 여러 개의 동영상과 사진으로 남았다.

2017년 6월 남성 잡지인 《에스콰이어》에 「어느 작은 공원 이야기」라는 기사가 실렸다. 그 이전부터 에스콰이어 편집부와 이 문제에 대한 교감이 있었다. 신기주 편집장이 용단을 내렸고 박찬용 기자에게 기사 작성의 임무가 주어졌다. 서울시의 발표가 나간 이후였지만 여전히 공원에 드리우고 있는 어둡고 불안한 그림자를 섬세한 문장으로 담아낸 기사였다. 패셔너블한 남성 잡지가 세상 문제를 바라보는 그 나름의 시선이 담겨 있었다. 특히 나에게는 조용하고 낮은 목소리로 전해지는 격려와 위안이었다. 인터뷰 과정에서 우리를 '탄광의 카나리아'에 비유했던 기억이 난다. 산소가 희박해지면 제일 먼저 죽는 존재 말이다. 이후 몇 달 후인 2017년 10월 29일, 나는 조경 전문지 《환경과 조경》의 의뢰로 「동네 공원 지키기」라는 글을 기고했다. 일종의 중간 보고서와 같은 내용의 글이었다.

이렇게 해서 통의동 마을마당은 소위 보수 성향으로 분류되는 《동아일보》와 《중앙일보》는 물론, 진보 성향의 《한겨레신문》과 KBS 등과 같은 공중파 방송, 티브로드 같은 지역 채널 방송, 기타 소셜네트워크와 다양한 인터넷 매체, 나아가 남성 잡지와 전문지까지 모두가 다루는 소재가 되었다. 1차 공원

의자의 여행이 시작되다

대란 당시 《조선일보》 손정미 기자의 역할까지 포함하면 실로 지속적이고 광범위한 사회적 반향이었다.

의자의 여행

변화의 흐름은 계속되었다. 2017년 6월 11일 일요일 늦은 오후에 박원순 서울시장이 통의동 마을마당을 방문했다. 혜화동 시장공관을 떠나 가회동에 임시 관사를 마련하고 있던 그 또한 넓은 의미에서 동네 주민이었다. 한번 방문하시면 좋겠다는 의사를 전달한 적이 있었는데 이날 갑자기 연락이 왔다. 부지런히 동네에 알려서 사람들을 모았다. 노인에서 어린이에 이르는 다양한 시민들이 모였다. 지나가다 이 모습을 보고 들어온 시민들도 있었다. 서울시장이 직접 공원을 방문해서 시민들을 만나 이 공원 문제를 해결하겠다는 의지를 직접 밝힌 것은 모두에게 큰 힘이 되었다.

2017년 한여름이 되면서 공원의 분위기를 바꿔보고 싶었다. 언젠가 동네에서 굴러다니던 의자 몇 개를 주워 공원에 놓았는데 사람들이 의외로 잘 사용했다. 원래 공원에 벤치, 정자 등이 설치되어 있었지만 고정석이라 자기가 앉고 싶은 곳에 앉을 수는 없었다. 이동식 의자는 거창하게 말하면 공간에 대한 자기 결정권을 높여준다는 측면에서 큰 장점이 있다는 것을 알았다. 고물 의자들이 슬슬 망가져 가고 있어서 마침 바꿀 때가 된 참이었다. 김재왕 선생이 얼마의 돈을 기부하기로 해서 저렴한 야외용 의자 네 개를 구입했다. 사무실에 있는 공작용 드릴로 '통의동 마을마당 (증) 공사모'라고 이름을 새겨서 공원에 내놓았다. 2017년 7월 4일의 일이었다.

'누가 훔쳐가면 어쩌냐'는 우려도 있었는데 사실 그리 비싼 의자도 아니었고 무엇보다 이런 문제는 시민사회를 믿어야지 별 다른 방법이 없었다. 외국에서는 의자에 칩을 넣기도 한다고 하는데 그렇게까지 할 상황도 아니라고 생각했다. 이후 그 네 개의 의자는 이 글을 쓰고 있는 현재까지 하루도 같은 자리에 놓여 있는 적이 없다. 그야말로 '의자의 여행'이라고나 할까, 공원 구석구석을 돌아다니는 중이다. 네 개의 의자가 둥그렇게 놓여있는 것을 보면 몇몇 사람이 모여 이야기를 하다가 갔다는 걸 알 수 있다. 의자 하나가 공원 구석에 가있으면 누군가가 혼자 있고 싶었다는 이야기다. 아무도 이 의자를 집어가지 않았다. 네 개의 의자는 공원의 자연스러운 일부가 되어갔다.

다만 개인적으로는 저 네 개의 의자가 저렴한 제품인 것이 마음에 걸린다. 이왕이면 공공공간에서 최고급 의자를 제공할 수 있으면 좋겠다. 지금 진행 중인 통의동 마을마당의 재조성

사업이 완료되고 나면 다시 기금을 조성, 디자인 역사상 가장 대표적인 야외용 의자인 놀(Knoll)사 제품인 하리 베르토이아 (Harry Bertoia)의 와이어 매쉬 의자 네 개를 비치하려는 계획을 갖고 있다. 2017년 출장길에 만난 놀사 유럽 스튜디오의 부사장인 안드레아 쟈케티(Andrea Giachetti)씨는 이 계획이 성사될 경우 놀의 이름으로 두 개를 추가 기증하겠다는 의사를 밝혀 왔다. 우리에게는 지금까지 공공에게 최고를 제공한다는 생각이 없었다. 통의동 마을마당이 그 생각을 바꾸는 계기가 되었으면 한다.

8월이 되어 비가 많이 오면서 나무로 만든 서명대가 눈에 띄게 낡아가는 것이 보였다. 인터넷으로 플라스틱 테이블을 주문하여 오랫동안 공원 입구를 지키고 있던 나무 서명대를 은퇴시켰다. 최대한 잘 닦아서 정병익 선생의 사무실에 반환했다. 2017년 8월 7일이었다.

가을이 왔다. 제2차 공원대란이 시작된 지도 이제 1년이 넘었다. 종로구청 공원녹지과에 문의하니 서울시가 공원을 다시 매입하려고 해도 상당한 시간이 필요할 것이라고 했다. 일단 예산도 확보해야 하고 소유자와의 협의도 거쳐야 하며 도시계획시설 지정은 또 다른 과정이라는 것이었다. 2019년 상반기나 되어야 일이 다 끝날 수 있을 것이라고 했다. 하여간 기다리는 것은 기다리는 것이고 우리가 할 일은 할 일대로 해야 했다.

내가 공원 이야기를 하도 하고 다녀서 이제는 주변 사람들이 꽤 많이 알게 되었다. 그중에는 외국인들도 있었다. 2017년 가을에도 역시, 서울에서는 건축 관련 행사가 정말 많았다. 서울도시건축 비엔날레, UIA 총회 등 굵직굵직한 행사들이 열렸다. 우리 사무실도 몇 꼭지의 행사에 참여했다. 많은 사람들이 서울을 찾았고 그중 일부가 이 공원에도 관심을 갖게 되었다. 세계적인 조경가인 미국의 캐스린 구스타프슨(Kathryn Gustafson), 호주 시드니 뉴사우스웨일스대학의 건축도시 분야 학장인 헬렌 로키드(Helen Lochhead) 등이 통의동 마을마당을 찾았다. 도시연구가인 런던대학의 김정후 박사도 한국에 올 때마다 나의 사무실을 방문하여 영국 및 유럽의 사례와 비교해가며 조언을 아끼지 않았다. 한국의 공공영역에서 벌어진 이 초유의 사건은 한국 밖의 사람들에게도 관심의 대상이 되어 가고 있었다.

서울도시건축 비엔날레의 일환으로 '시장에게 보내는 편지'라는 행사가 있었다. 박원순 서울시장과 차희림 평양인민위원회 위원장에게 편지를 쓰는 것이었다. 대부분 참가자들은 이런저런 제안을 담은 내용을 썼지만 나는 공사모를 대표해서 공원 문제에 대해 감사하는 내용을 적었다. 2017년 11월 1일 박원순 시장을 공식석상에서 만날 기회가 있었다. '시장에게 보내는 편지' 행사의 마무리로 국립현대미술관 서울관에서 열린 세미나에서였다. 나도 내 편지를 읽을 기회가 있었다. 박 시장은 답변하는 자리에서 "아휴, 이젠 공개적으로 못을 박으시누먼요."하며 간단하게 이 일의 경과에 대한 본인의 생각을 이야기했다. 서울시가 이 공원은 절대로 살리도록 하겠다는 또 한 번의 공개적인 다짐이었다.

이 무렵 공원에 이상한 일이 벌어졌다. 공원에는 가끔 노숙자들이 오곤 했다. 그중 누군가는 공원의 정자에서 잠을 자기도 했다. 거기까지는 그냥 공원의 일상적 모습일 뿐 이상할 것이 없었다. 문제는 이 무렵 어떤 노숙자가 정자에 비닐을 치고 자기 짐을 두는 등 정자를 혼자 독점하기 시작한 것이다. 물론 공원은 노숙자를 포함, 누구나 이용할 수 있는 곳이지만 이렇게 시설을 사유화하는 것은 선을 넘은 것이다. 일단 "공공시설물인 정자를 이렇게 독점하시는 것은 곤란합니다. 인근 지역 시민 일동."이라는 문구를 써서 붙여넣기는 했는데, 딱히 그 외에 할 수 있는 일이 없었다. 물론 경찰이나 공원녹지과에 신고하는 방법도 있었으나 그런 강압적인 방식은 피하고 싶었다. 그냥 저절로 해결되기를 기다렸다.

문제는 엉뚱하게 마무리가 되었다. 2017년 11월 8일 도널드 트럼프(Donald Trump) 미국 대통령이 한국을 방문하기로 되어 있었다. 그의 차량이 효자로를 거쳐 청와대로 갈 예정이었는지 경찰이 온 동네에 깔려 구석구석을 점검하고 다녔다. 이 과정에서 정자의 비닐이 철거되었고 며칠을 이 공원에서 지낸 이 불운한 노숙자는 다시 보이지 않았다. 이렇게 통의동 마을마당은 엉뚱하게 도널드 트럼프와도 인연을 맺었다.

다시, 시스템

2017년 후반에 나는 무척 바빴다. 회사 일은 물론이고 개인적으로는 『가장 도시적인 삶』(반비)이라는 책을 한 권 펴냈다. 제2차 공원대란이 처음 발생했던 2016년 10월에 한창 《서울신문》에 연재하고 있던 내용을 책으로 묶은 것이다. 출판기념회, 강연, 답사 등이 이어지면서 정신없는 일상을 보냈지만 공원에 대한 관심은 항상 의식의 한구석에 자리 잡고 있었다. 그리고 정말로 중요한 문제가 진행되고 있었다. 바야흐로 서울시의 2018년 예산 배정 시즌이 돌아왔던 것이다. 공원 문제의 해결을 위해 넘어야 할 가장 큰 산의 하나였다. 남재경 시의원은 별 걱정하지 않아도 될 것이라며 우리를 안심시키려 했지만 마음은 여전히 불안했다.

서울시 홈페이지와 인터넷 검색 사이트를 매일 같이 들어가 진행 과정을 눈여겨보고 있었다. 2017년 12월 13일,《뉴시스》라는 매체에 서울시의회가 한창 서울시와 서울시교육청의 내년 예산을 검토 중이라는 기사가 올라왔다. 그 예산안 어딘가에 통의동 마을마당과 관련된 것이 있었을까? 해가 바뀌고 2018년 1월 7일, 서울시 홈페이지에 그해 예산안이 올라왔다. 그중에 통의동 마을마당 관련 항목이 들어있었다! 그러나 아직 의회의 최종 결정이 내려진 것은 아니었다.

게다가 사회적으로 큰 변수가 하나 있었다. 바로 '도시공원일몰제'였다. 간단히 말하자면 정부나 지자체가 공원 설립을 위해 어떤 땅을 도시계획시설로 지정한 뒤 20년이 넘도록 공원 조성을 하지 않았을 경우, 이를 도시공원에서 해제하는 제도를 말한다. 1999년 헌법재판소가 내린 결정에 의해 그로부터 20년 후인 2020년 6월 30일이 그 기한으로 주어졌다. 이것은 예산이 충분치 않으면서 도시계획시설 지정이라는 법적 강제력을 과도하게 사용해온 지자체들에게는 엄청난 부담이 아닐 수 없었다. 이 문제에 대한 서울시의 장기적인 정책 의지는 그동안 여러 부분에서 확인할 수 있었지만 그래도 걱정스러운 마음은 지울 수 없었다.

2018년 1월 15일 서울시의 2018년도 예산이 확정되었다. 다행히 통의동 마을마당 조성에 대한 내용도 포함되어 있었다. 다들 좋아했지만 이내 다시 냉정을 되찾았다. 나는 "아직 끝나지 않았다, 아직 끝나지 않았다."를 계속 되뇌었다. 그럼에도 불구하고 내심 이제 7부 능선 정도는 넘었다는 안도감이 들었다. 그간의 경험으로 보면 시스템은 한 번 움직이기가 어려워서 그렇지 일단 작동하기 시작하면 멈추지 않는다는 것을 알 수 있었다. 일단 서울시가 이 방향으로 움직인 것은 이제 부인할 수 없는 사실이었다. 나중에 알게 되었지만 예산안이 의결되는 과정에서 나름 진통이 있었다고 한다. 특히 타 지역 시의원들의 반대가 있었다고 했다. 그러나 서울시청, 무엇보다 박원순 시장의 의지가 확고했다는 것이다. 기왕에 있던 공원도 못 지킨다면 앞으로 무슨 명분으로 공원을 더 만들 것인가? 치열한 논의가 오고갔을 것이다. 자세한 내막을 알 수는 없었지만 일단 결과는 희망적이었다.

예상대로 한 번 움직이기 시작한 시스템은 계속해서 움직이기 시작했다. 얼마 후 종로구청 공원녹지과에서 전화가 왔다. 서울시청의 요청으로 소유자와의 협상을 시작하려고 하는데, 우리가 공원에 설치해놓은 시설물들이 심리적으로 불편한 요소가 될 수 있으니 이제 철거를 해달라는 것이었다. 내심 불안한 마음이 없지는 않았지만 공사모 내부의 토론을 거쳐 공공기관의 의견에 따르기로 했다. 2018년 2월 1일, 공사모 멤버 몇 사람이 공원에 다시 모였다. 한쪽에 카메라를 설치해서 타임랩스 촬영을 시작했다. 2016년 12월부터 공원을 지켜왔던 현수막과 서명대, 리본, 그 이후에 설치한 양순열 작가의 작품 등을 모두 철거했다. 공원은 아무 일도 없던 이전 모습으로 완전히 돌아갔다. 서명록도 이렇게 제 역할을 마쳤다. 2000명 시민의 귀중한 서명을 확보할 수 있었다. 모든 철거물은 지금도 잘 보관해두고 있다.

2018년 4월 5일 서울시는 '장기미집행 도시공원 실효대응 기본계획'을 발표했다. 도시공원일몰제에 해당하는 도시공원 중 사유지 40.3제곱킬로미터 전체를 매입하겠다는, 실로 획기적인 내용이었다. 이런 상황이라면 통의동 마을마당의 갖는 상징성이 더욱 커질 수밖에 없었다.

2018년 4월 12일 통의동 마을마당을 도시계획시설인 '공공공지'로 지정하기 위한 열람공고가 올라왔다. 내가 당초에 신문 기사 등에서 주장한 도시계획시설 '공원'은 아니었지만 내용적으로는 오히려 더 적절한 방향이었다. 이 무렵 혹시나해서 통의동 7-3번지의 토지이용계획안을 열람해 보니 거기에도 '공공용지입안중'이라는 문구가 적혀있었다. 이렇게 시스템의 움직임을 그때그때 시각적으로 확인하는 것에는 정말 묘한 느낌이 있었다.

2018년 4월 18일에 《서울경제》에 서울시의 이러한 결정을 비난하는 기사가 올라왔다. 공원을 인수한 소유주 집안의

친일 배경을 지목하는 내용이었다. 주요 언론에서 통의동 마을마당을 구하려는 노력을 부정적인 시각으로 다룬 것은 내가 알기로 지금까지 이것이 유일한 경우였다. 그러나 신문의 주장대로라면 서울시의 매입 결정보다는 애초의 원인제공 행위인 청와대의 대토과정부터 다시 조사해야 할 것이었다.

2018년 5월 1일 서울시 도시계획위원회는 통의동 마을마당의 도시계획시설 '공공용지' 지정을 의결했다.

2018년 6월 13일 전국동시지방선거가 치뤄졌다. 박원순 시장이 재선되었다. 그러나 공사모와 함께 통의동 마을마당을 구하기 위해 애썼던 남재경 시의원은 4선에 실패했다.

제2차 공원대란의 종료

2018년 8월 종로구청 공원녹지과로부터 소유주와의 매입 협상이 진행되고 있다는 소식이 전해졌다.

2018년 10월 다시 종로구청 공원녹지과에서 연락이 왔다. 20년 전에 조성한 통의동 마을마당을 이번 기회에 재조성하기로 했으며, 경의선 숲길 등으로 잘 알려진 조경회사인 동심원에 그 일을 의뢰했다는 소식이었다. 2018년 10월 19일 목련원을 방문한 동심원의 안계동 대표 일행에게 그간 통의동

경찰들만 드나들던 영추문

때맞춰 다시 열린 영추문

마을마당에 있었던 일들에 대해 설명하고 모아 놓은 자료를 제공했다.

2018년 10월 25일과 31일 동심원의 설계안에 대한 주민 설명회와 현장설명회가 연달아 열렸다. 공중화장실 설치에 대한 의견이 있었으나 공원 부지가 협소할 뿐 아니라 인근에 정부서울청사 창성동 별관이 있어 그 화장실을 사용하면 되는 것으로 이야기가 모아졌다. 시민들을 위한 휴식 공간으로서 현재의 성격은 그대로 유지하기로 했다.

2018년 12월 6일 통의동 마을마당 바로 건너편의 영추문이 다시 개방되었다. 이미 10월 7일에 개방 행사를 한 적이 있어 나도 참석했었으나 정식 개방은 이날부터였다. 신문에는 무려 43년 만의 전면개방이라는 기사가 실렸지만 사실 이명박 대통령 당시인 2012년에도 잠시 개방한 적이 있다. 다만 그때는 매표소가 없어 들어갈 수는 없고 다른 문으로 들어와 이곳으로 나갈 수만 있었다. 당시 날이 좋으면 직원들과 신무문으로 경복궁에 들어갔다가 영추문으로 나오곤 했던 기억이 있다. 양방향 통행을 전면개방으로 보자면 틀린 말도 아니었다. 43년 전이면 1975년이고 바로 영추문이 현재 위치에 복원된 해다. 그동안은 가끔 문이 빼꼼이 열리고 경찰이 드나드는 모습만 보았을 뿐이다. 그러니 저 문은 다시 만들어지고 이제서야 처음 제대로 문의 역할을 하는 셈이었다.

2019년 2월 21일 종로구청 공원녹지과와 통화했다. 2월 14일 서울시가 잔금을 치뤘으며 바로 그다음 날 등기 신청을 했다는 소식이 전해졌다. 등기부 등본을 열람해보니 '신청사건처리중'이라는 글씨가 워터마크로 바탕에 깔려 있었다. 청와대에서 민간인으로 소유권이 넘어갔을 때 떴던 바로 그 문구였다. 그러나 이번에는 소유권이 다시 서울시로 넘어오고 있는 중이었다. 통의동 마을마당이 다시 공공의 품으로 돌아오고 있었다!

2019년 2월 27일. 등기부 등본을 확인했다. 통의동 마을마당은 다시 서울시의 소유가 되었다. 제2차 공원대란이 드디어 종료되었다.

'모든 사건은 소문으로 시작해서 한 장의 서류로 끝난다.'

5	공유자전원지분전부 이전	2019년2월15일 제4912호	2019년2월15일 수용	소유자 서울특별시

【 을 　　　 구 】 　（ 소유권 이외의 권리에 관한 사항 ）				
기록사항 없음				

－ 이 하 여 백 －

관할등기소 서울중앙지방법원 중부등기소 / 발행등기소 법원행정처 등기정보중앙관리소
수수료　1,000원 영수함

2부.
동네 공원의
어제와 오늘

1장. 장소의 역사

시간의 층위

통의동 마을마당의 주소는 서울시 종로구 통의동 7-3번지다. 면적은 419.4제곱미터로 127평 정도다. 앞의 숫자 7이 원래의 지번이라면 뒤의 숫자 3은 그 이후의 변화다. 즉 원래 이 땅은 통의동 7번지였다가 갈라져 나온, 즉 '제금 나온' 것이다. 이 일대에는 아직도 7이란 숫자가 붙은 지번이 많은데 원래는 모두 한 땅이었음을 알 수 있다. 그렇다면 이 땅의 역사는 대강 어디까지 거슬러 올라갈 수 있을까.

미국 및 영국의 작가인 빌 브라이슨은 이런 시선을 담은 책을 쓴 적이 있다. 『거의 모든 사생활의 역사(At Home: A Short History of Private Life)』(빌 브라이슨, 까치)라는 책에서 그는 영국 노포크의 국교회 목사관을 소재로 집에 대한 이야기를 풀어나간다. 유머러스한 그의 문장도 문장이지만 끝도 없이 나오는 기록의 힘이 느껴지는 책이다. 안타깝지만 미시사 연구가 축적되지 않은 한국에서는 기대하기 어려운 책이다. 통의동 마을마당에 대해서도 이 정도의 이야기를 쓸 수 있다면 얼마나 좋을까? 그러나 기존의 자료는 부실하기 짝이 없고 전문 연구가가 아닌 나의 입장에서 새로운 자료의 발굴 역시 한계가 있다. 그럼에도 불구하고 현재까지 확인되는 각종 자료를 통해서 본 통의동 마을마당의 역사는 자못 호기심을 불러일으킨다. 도대체 어떤 땅인데 이런 일들이 벌어지는 걸까?

건축가인 나는 건물을 보면 '이 땅에 몇 번째로 남겨진 인간의 흔적일까'를 궁금해하는 버릇이 있다. 물론 지역에 따른 편차가 클 수밖에 없다. 사람이 오래 살아온 지역, 예를 들어 서울 강북의 구도심, 그중에서도 궁궐 근처라면 최소 5회, 실제로는 그보다 훨씬 더 많은 인간의 개입이 있었을 수 있다. 역사가 더 오래 된 지역인 경주나 부여, 평양 같은 곳의 층위는 감히 헤아릴 엄두도 나지 않는다.

도시는 생각보다 빨리 변한다. 한자리에서 100년을 유지하는 건물은 매우 드물다. 조선 후기 한양의 인구는 20만 명이 조금 안 되었다고 한다. 그렇다면 집은 몇 채가 있었을까? 1794년 정조의 명으로 여러 신하들이 당시의 한양 풍경을 담은 '성시전도시(城市全圖詩)'를 남겼다. 그중 이덕무의 시에 '팔만여 민가는 오부가 통할하고'라는 구절이 있다. 그러나 박현욱이 쓴 『성시전도시로 읽는 18세기의 서울』(박현욱 옮김, 보고사)에 의하면 실제로는 4만 4000호 정도였다고 한다. 한편 한양, 즉 사대문 안과 성저십리(城底十里) 일대에 현재 남아있는 가장 오래된 집은 안국동 윤보선 가옥이다. 1870년 무렵 지어졌다고 하므로 그 나이는 2019년을 기준으로 150년 남짓이다. 그렇다면 그 나머지 집들은 어디로 간 것일까? 결국 죄 헐리고 그 자리에 다른 건물이 들어섰다고 봐야 한다. 물론 그 과정은 여러 차례 반복되었으며 지금도 진행 중이다. 서울의 그 수많던 조선 시대 집들은 이제 발굴을 해야 나오는 것이다.

내가 설계하는 건물이 그 땅에 지어지는 최초의 건물로 짐작되는 경우도 있다. 도시에서는 그런 일이 드물지만 전원에서는 충분히 있을 수 있다. 그럴 때면 '자연에 손을 댄다.'는 일종의 원죄 의식 때문인지 조금 더 숙연한 기분이 든다. 그러나 역시 단정은 금물이다. 역사의 흐름은 엄청난 힘으로 한 지역을 송두리째 바꿔버리기도 한다. 고려의 국제 무역항이었던 예성강 하구 벽란도는 인공위성 사진으로 보면 지상에 이렇다 할 흔적이 남아있는 것 같지 않다. 1930년대에 무척 번성했다는, 심지어 화신백화점 분점이 있었다고 전하는 임진강의 고랑포구도 마찬가지다. 발굴을 하면 유적이 나오겠지만 지상의 흔적은 거의 사라지고 없다. 그러니 지금 눈으로 보기에 빈 땅이라고 해서 인간의 손길이 닿지 않았을 것이라고 짐작하는 것은 금물이다. 그간 얼마나 많은 유적과 유물이 논이나 밭, 야산에서 발굴되어왔는가를 보면 알 수 있다.

통의동 마을마당 일대에는 최근 건물이 많이 들어서고 있다. 사대문 내부와 그 인근 지역에 건물을 지을 때는 기본적으로 문화재 조사가 의무화되어있다. 대부분은 지표 조사와 시굴 조사로 끝나지만, 그중 일부는 본격적인 발굴 조사의 대상이다. 덕분에 건물 하나가 지어질 때마다 조사 보고서가 만들어지곤 한다. 조사 보고서는 인근 지역에 대한 그간의 조사 내용을 담기 때문에 그 어떤 자료보다 지역의 역사를 가늠하기 좋은 근거다. 마침 2019년 초 통의동 마을마당 인근인 통의동 7-16번지에서 발굴 조사가 이루어졌다. 화서문화재연구원이 작성한 그 보고서에 의하면 현대와 근대 일제강점기, 조선 시대 3단계를 포함, 모두 5개의 역사적 층위가 발견되었다. 최근 몇 년간 이루어진 인근 지역 내 다른 조사 보고서의 내용도 크게 다르지 않은 것으로 보아 통의동 마을마당 터 역시 유사한 과정을 거쳐왔을 것이다. 즉 최소한 5회 이상 인간의 개입이 이루어져왔던 땅이라고 짐작할 수 있다.

조선 시대와 일제강점기

조선이 건국하면서 가장 먼저 지은 건물 중 하나가 경복궁이다. 경복궁은 임진왜란 때 화재로 소실되어 이후 오랫동안 폐허로 있었다. 그러다가 19세기 후반 대원군이 중건했고, 현재의 경복궁은 이것을 기본으로 한다. 세부적으로는 변화가 있었지만 전체 위치는 예나 지금이나 같다. 당연히 경복궁 인근 지역에는 일찍부터 사람이 살아왔을 것이다. 조선 초기 인물인 세종대왕의 탄신지가 인근의 옥인동인 것만 봐도 알 수 있다. 고려의 남경과 관련된 시설이 경복궁 북서쪽 어딘가에 있었다는 이야기도 전하지만 7-16번지 조사 보고서에서는 다루지 않고 있다. 따라서 통의동 마을마당 터의 역사는 대체로 조선 시대의 어느 시점에서 시작되었다고 해도 좋을 것이다.

통의동 7-16번지에서는 조선 중기부터의 유구가 발굴되었다. '조선 초기 이 지역에는 무엇이 있었을까?'라는 의문이 들지만 그에 대한 언급은 없다. 통의동 마을마당 자체는 아직 발굴 조사가 이루어진 적이 없어서 더더구나 알 수 없다. 조선 후기인 1867년 경복궁이 중건되면서 그동안 창덕궁 옆 원서동의 휘문고등학교 터에 가 있던 관상감(觀象監), 즉 오늘날의 기상청에 해당하는 기관이 영추문 서쪽 통의동 7번지 일대로 옮겨졌다고 한다. 이어 1894년 갑오개혁 당시 관상감은 관상소로 혁파되면서 경복궁 근무자들이 이른 아침 영추문이 열리기를 기다리며 대기하던 대루원(待漏院)으로 활용되었다는 것이다. 그나마 장소를 구체적으로 특정하기는 어려운 상황인 듯하다. 불과 백 년 남짓한 과거의 국가 기관에 대한 서술이 이렇게 추정으로 그칠 정도니 실물에 대한 역사 연구가 얼마나 빈약한지 알 수 있다. '대루원' 등으로 전문 학술자료 사이트인 RISS에서도 검색해보았으나 별다른 단서를 찾지 못했다. 이런 상황이면 빌 브라이슨이 와도 속수무책일 것이다. 어딘가 자료가 있는데 내가 못 찾는 것이라면 차라리 다행이겠다. 어느 쪽이건 안타까운 일이다.

그다음이 흥미로운 대목이다. 이 일대가 매동초등학교 터라는 기록이 여기저기서 나오기 때문이다. 매동초등학교는 현재 통의동의 서쪽, 사직단 근처 필운동에 자리 잡고 있는데 이게 무슨 말인가. 1895년, 즉 갑오개혁 다음해에 고종이 '소학교령'을 공포하면서 몇몇 소학교가 개설되었다. 그중 장동, 즉 지금의 창의문 근처에 있던 장동소학교는 개설되자마자 시설이 낡고 좁다는 이유로 그해 11월 '매동의 구 관상감 터'로 이전했다. 그리고 1900년, 다시 인근으로 추정되는 의금부 직방 건물로 이전했다가, 1909년 이 일대의 지명에 따라 '매동공립보통학교'가 되었다는 것이다. 매동공립보통학교는 한때 그 면적이 1005.73평에 달했다고 한다. 이 사실을 통해 통의동 7번지 일대를 이전에 매동이라는 이름으로 불렀던 것을 짐작할 수 있다. 매동은 1914년 4월 1일 경기도 고시 제7호에 의해 인근 지역을 포함하여 통의동으로 명칭이 바뀐다. 매동공립보통학교는 이 자리에 있다가 1933년 필운동 현 위치로 이전했으나 특이하게도 원래의 그 이름을 유지하고 있다. 통의동 7번지를 매동으로 부르는 사람도 이제는 당연히 없다.

역사를 살펴보면 고종이 여장을 하고 경복궁을 빠져나왔다는 사건, 즉 아관파천(俄館播遷)이 1896년 2월 11일 새벽의 일이다. 매동공립보통학교가 그 자리로 이전한 지 3개월 무렵, 바로 그다음해 초의 일이다. 당시 고종이 어느 문을 빠져나왔는가는 아직도 논쟁거리인 듯하지만, 통설처럼 영추문으로 나온 것이 맞다면 바로 그 학교 앞에서 벌어진 일인 셈이다. 당시의 영추문은 경복궁 중건 당시 다시 지은 것으로, 지금의 영추문보다 30미터 정도 남쪽에 있었다. 원래의 영추문은 1926년 4월 27일에 전차의 진동으로 그만 석축이 붕괴되면서 철거되고 말았다. 지금의 영추문은 같은 이름을 갖는 역사상 세 번째의 건물로 1975년에 세워진 것이다. 매동공립학교가 이사간 직후인 1936년, 일제강점기의 대표적 경성 입체지도인 '대경성부대관(大京城府大觀)'이 출판되었다. 놀랍게도 통의동 마을마당은 그 지도에 빈 땅으로 표현되어있다. 주변 필지가 여러 개로 나뉘고 건물이 들어서있는 것으로 보아 학교가 이전하면서 민간 개발이 이루어진 것이 아닌가 짐작해 본다. 그런데 주변은 다 개발이 되었는데 왜 하필 그 땅만 비어있었을까? '대경성부대관' 관련 연구자인 최종현, 도미이 마사노리(富井正憲) 두 분에게 문의했으나 명확한 답을 듣지는 못했다. 가정이지만 만약 이곳이 당시 공원이었음을 보여주는

'대경성부대관'에 공터로 그려진 통의동 마을마당 터

기록이라면 이 땅의 역사와 관련된 획기적인 사건일 것이다.

그다음부터는 또 다시 미궁이다. 산만하기 짝이 없는 여러 자료들을 종합해보면 서울시가 이 땅을 구입한 1997년 이전까지 몇 가지 사실들이 경쟁하고 있는 듯하다. 서로 상충하는 기록이나 증언이 여러 개 존재하는 것이다. 우리의 역사 연구가 얼마나 부실한지 한탄하게 하지만 동시에 그만큼 상상력을 발휘할 여지를 주기도 한다. 그리고 이 장면에서 마치 소설처럼 흥미로운 인물이 하나 등장한다.

건축시공자 마종유

마종유(1895~1986)는 개성 사람이다. 개성 마씨도 있다고 하지만 그는 목천 마씨다. 일부 기록에 중국인이라고 되어 있으나 엄연히 한국인이다. 뒤에 다시 이야기하겠지만 그의 손자인 마승연(가명, 1970년생)은 이를 바로 잡기 위해 이화여대 및 문화재청 등에 여러 번 청원을 넣어야만 했다. 아래 내용은 마승연과 직접 나눈 대화를 기초로 기타 자료를 참고하여 적는다.

마종유는 일제강점기와 대한민국 시기에 활동한 건축시공자다. 건설 및 건축 관련 단체(?)의 초대회장이었다는 이야기도 있으나 구체적으로 확인하지 못하였다. 그의 행적은 그리 자세히 전해지지 않지만, 2017년 발간된 김소연이 지은 『경성의 건축가들』(김소연, 루아크) 216쪽에 일부 내용이 있다. 일제강점기에 일본에 자리 잡고 아시아를 대상으로 활동하던 미국의 선교사이며 건축가인 윌리엄 메럴 보리스(William Merrell Vories)와 관련해서 등장한다.

보리스는 한국과 일본 양국의 근대건축 연구에 있어 중요한 인물이다. 마종유는 일본 사가현 하치만(지금의 오미하치만 시)에 있던 보리스 사무실에 약 1년간 있었다고 한다. 나중에 이화여대 강당을 설계하게 되는 강윤과 함께 갔다가 귀국도 함께 했는데, 강윤은 설계를, 마종유는 시공을 택했다. 마종유가 운영하던 마공무소는 도시형 한옥을 짓던 업체로 여러 자료에 등장하지만, 동시에 이화여대 본관을 비롯하여 기독교 계열 학교 건축의 공사를 맡기도 했다. 즉 그는 근대화 과정에 있어서 전통 건축과 서구식 건축 모두에 관여했던 인물이었다.

나의 관심을 끈 것은 '도시형 한옥'이란 단어다. 마종유는 익선동, 가회동 등에 도시형 한옥을 보급한 것으로 널리 알려진 건양사의 정세권 등과 같이 도시형 한옥의 역사에서 중요한 인물의 하나였던 것이다. 다만 최근 활발하게 연구되고 있는 정세권에 비해 그에 대한 관심은 아직 상대적으로 적다.

그가 개성 사람이라는 것을 생각해보면, 현재 한반도 최대의 한옥 도시인 개성의 한옥에 그가 관련되어 있을지 모른다는 추측을 가능케한다. 북한에서는 개성의 한옥을 조선 시대 것이라고 주장하지만, 각종 자료에 등장하는 모습으로 보면 근대에 지어진 것이 아닌가 하는 생각이 든다. 도시형 한옥이 널리 보급되었던 것은 1930년대 이후로 1895년생인 마종유는 당시 한창 장년이었을 것이다. 즉 시기적으로도 충분히 가능한 이야기다. 언젠가 개성의 한옥을 조사할 기회가 생긴다면 필히 확인해볼 문제다.

마승연에 의하면 그의 할아버지 마종유는 주로 석조 건축을 하던 분으로, 한옥과 관련된 이야기는 생소하다고 했다. 다만 '젊었을 때 나무를 아주 많이 베었다.'는 이야기를 들은 기억이 있다고 한다. 한옥 개발업자가 아닌 일반 시공자로서 마종유의 대표작은 이화여대 파이퍼홀, 즉 이화여대 본관이다. 그 건물이 등록문화재가 되면서 이화여대 측의 기록에 마종유가 중국인으로 기록되는 바람에 앞에서 언급한, 본관을 바로잡는 일이 벌어지기도 했다. 한편 명확한 기록은 없으나, 그의 집안에는 '한일은행 본점 또한 마종유가 시공했다.'는 이야기도 전해지고 있으며 완공 당시의 단체 사진 등이 남아있다고 한다. 여기서 말하는 한일은행 본점은 지금도 남아있는 광통관이 아닌가 추측되지만, 건립연도가 1909년으로 마종유의 활동 시기에 비해 너무 이르다. 이와 별도로 대전의 한 은행 또한 시공했다는 이야기도 있다고 한다.

당시의 신문 기사를 검색해보면 마종유는 1920년대 초반부터 본인의 모교인 송도보통학교의 이사회, 송도면협의회 등에서 활발하게 사회활동을 했다. 각종 기부금을 내는 것에도 열심이었다. 사업과 사회활동에 모두 열심인, 근대적 기업가의 면모가 엿보이는 인물이라 하겠다. 초기에는 주로 개성을 중심으로 활동했으나 1920년대 초 서울에 진출했다. 염천교 수제화 거리인 서울 중구 회현동 1-28번지에 주소지가 있었으며 당시의 사무실 광고가 아직 남아있다. 이 귀중한 자료를 찾아준 뉴욕 거주의 아마추어 역사학자 딜런 유(Dylan Yu) 선생에게 이 기회를 통해 감사의 말씀을 드린다.

통의동 마을마당에 대해 이야기하다 말고 갑자기 마종유의 이야기를 꺼내는 이유가 있다. 그가 개성에서 살던 집의 주소는 만월동 310번지고, 회현동 이후 서울의 집과 사무실 주소는 통의동 7-3번지였다. 우연인지 필연인지, 주소로 보아 그는 개성에서나 서울에서 모두 궁궐 옆에 살았던 셈이다. 그런데 통의동 7-3번지가 어디인가? 바로 통의동 마을마당의 주소다. 마종유는 통의동 마을마당 터에 살았던 것이다!

이 사실은 실로 우연한 기회에 알게 되었다. 위에선 언급한 '대경성부대관'에 대한 자료를 찾다가 그것을 서울역사박물관에 기증한 사람이 마종유의 손자라는 것을 알게 되었다. 그 자료에 마공무소의 주소가 있었다. '통의동 7-3번지' 그야말로 글자가 날아들어 내 눈에 박히는 듯했다. 나 역시 현대 건축가지만 한옥 관련 일을 병행해오고 있다. 시공자로서 비슷한 삶을 살았던 그가 나와 역사적으로 이웃이라니? 게다가 나 또한 그처럼 집과 사무실을 한 건물 안에서 해결하고 있지 않은가.

통의동 마을마당에 대해 조금이라도 관련된 자료를 찾아보려고 하던 상황에서 이것은 하늘이 준 기회였다. 서울역사박물관의 도움으로 마승연을 만날 수 있었다. 그의 설명에 의하면 그 지도는 할아버지의 사무실에 걸려있다가 화가인 자기의 어머니가 창고에 보관해오던 것을 자신이 발견하여 전문적 복원이 필요하다고 보고 기증을 결심했다는 것이다. 참으로 놀라운 우연이 아닐 수 없다.

마승연에 의하면 마종유는 이곳에서 1920년대 초부터 1960년대까지 40년 가까운 세월을 살면서 엄청난 부귀를 누렸다. 당시 최고 부자라는 소리도 들었다고 한다. 해방 당시 한국인이 경영하던 건설사는 마종유의 마공무소, 임헌록의 임공무소(현재의 임광토건), 오영섭의 오공무소 셋밖에 없었다는 기록도 있다. 미군 윌리스 지프차가 자가용이었고, 같은 방을 쓰던 손자 마승연과 함께 말년에도 명동 소바집, 을지로 청요

마종유가 살던 위치에 팔작지붕 한옥이 선명하게 보인다

리집을 함께 다니던 미식가였다. 마승연은 1970년생으로 마종유가 이 집을 떠난 이후에 태어났다. 그가 기억하는 할아버지는 체구가 크지 않았고 성격은 '웃음기가 빠져있는' 편이었다고 한다.

여기서 또 흥미로운 증언이 나온다. 마종유의 통의동 집 겸 사무실은 한때 경기도지사 관사였던 '99칸 한옥'이었다고 한다. 지금 들으면 이상하지만 경기도청사가 광화문에서 수원으로 이전한 것이 1967년이었던 것을 생각하면 그럴 수도 있는 이야기다. 1965년에 찍은 것으로 전해지는 경복궁 일대의 항공사진에도 7-3번지 위치에 선명하게 한옥의 팔작지붕이 보인다. 워낙 기둥이 굵어 마종유의 아들들이 거기에 튜브를 묶어놓고 유도 연습을 하곤 했다고 한다.

그런데 매동공립보통학교가 이전한 것이 1933년이므로 마종유가 1920년부터 이곳에 살았다는 증언은 아귀가 맞지 않는다. 게다가 경기도지사 관사였다는 사실까지 동시에 성립하려면 마종유는 상당 기간 동안 회현동에 살다가 이곳으로 이사온 것이 아닐까. 이런 전후관계를 확인하기 위해 이 땅의 구 가옥대장을 열람해보니 역시 마종유라는 이름이 제일 앞에서 등장한다. 글씨가 선명하지 않으나 대략 '단기 4287년 0월 0일 등기에 의한 등록' 정도로 읽힌다. 단기에서 2333을 빼면 서기가 되므로 1954년이다. 물론 이전에는 부동산을 취득해놓고도 등기를 나중에 하는 경우가 많았다. 몇 년 전 1960~1970년대 상가아파트를 추적하는 책인 『가장 도시적인 삶』을 쓸 때도 확인했던 사실이다. 적어도 마종유가 1954년 이전에 통의동 7-3번지를 매입했다는 사실은 확인할 수 있다. 이전 상황은 경기도지사 관사로 사용되던 시점과 관련이 있겠지만 나로서는 더 이상 확인할 수 없다.

또 다른 우연

이처럼 통의동 7-3번지와 관련된 과거의 현재의 공공기록, 즉 구 가옥대장, 구 토지대장, 현 건축물관리대장, 현 토지대장, 등기부 등본 등과 마승연의 증언을 포함하여 확인 가능한 사실과 상상력을 더하면 일제강점기 이후 대강 다음과 같은 전후관계가 성립한다.

1933년 매동공립보통학교가 사직동으로 이전했다.

1935년 전후로 매동공립보통학교 터인 통의동 7번지는 여러 필지로 나뉘고 통의동 마을마당 터는 공지로 남은 것으로 추측된다.

1936년 위의 내용을 담은 '대경성부대관'이 발간되었다.

1936년 이후 경기도 관사 한옥이 건립된 것으로 추측된다.

1953년 이전의 어떤 시점에 경기도 관사가 서울 시내 타 지역으로 이전하면서 (참고로 경기도청이 수원으로 이전한 것은 1967년) 마종유가 이를 매입했다.

1953년 마종유는 통의동 7-3번지 건물을 등기했다.

이 이후의 기록은 또 엇갈린다. 마승연에 의하면 1961년 5·16쿠데타가 일어나면서 집 앞으로 탱크가 지나가는 것에 격분한 마종유는 '개성으로 가는 길목'인 국도 1번(옛 의주로, 현 통일로) 변 은평구 응암동 99-2(혹은 128-3번지)로 이사를 갔다고 한다. 다만 구 토지대장에 의하면 1959년(단기 4292년)에 이모 씨가, 이어 1962년(단기 4294년)에 임모 씨가 통의동 7-3번지를 매입한 것으로 나온다. 당시의 정확한 상황은 좀 더 조사가 필요하겠지만 1959년에 일단 매각을 했으나 그 자리에서 전세로 살다가 5·16쿠데타를 겪고 완전히 떠났다는 시나리오도 가능할 것이다. 당시 종로에 살던 사람들이 응암동으로 많이 이사를 갔다고 한다. 회현동 사무실도 개성으로 가는 길목인 국도 1번 변이니 이 역시 고향을 그리는 마음이었을까.

통의동을 떠나 응암동에 살던 마종유는 어느 날 집에 와서 "안 해!"라는 말과 함께 시공업계에서 은퇴했다고 한다. 삼청동 145-20번지 집 축대가 붕괴되어 사람이 죽고 다친 사건이

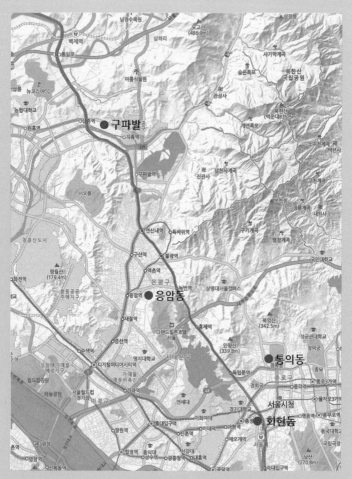

마종유의 거처지(개성으로 가는 국도 1번 변을 떠나지 않았음을 알 수 있다)

있었는데 이 과정에 연루되어 관으로부터 억울한 일을 겪었다고 한다. 신문 기사 검색을 해보면 1966년 7월 24일의 일이다. 여기서 또다시 기막힌 우연이 겹친다. 삼청동 145-20번지는 훗날 제1차 공원대란의 단초가 되었던 '삼청장'이다. 신문기사에 의하면 제2차 공원대란 당시 통의동 마을마당을 인수했던 곳도 그 집안과 관련이 있다고 하며, 대토한 주택은 게다가 바로 옆집이다. 도대체 어디까지가 우연이고 어디까지가 필연인지 헤아리기 어렵다. 사대문 안 궁궐 옆 좁고 오래된 지역에 수많은 사람들이 서로 얽히고설키며 살았다는 증거이기도 할 것이다.

동서양 건축을 아우르며 살던 풍운아 마종유는 이후 구 반포아파트로 이사하여 거기서 세상을 떠났으니 역시 한국인의 삶은 '기승전아파트'인 것인가 하는 생각도 든다. 역시 개성 가는 길목인 국도 1번 옆 구파발 선산에 모셔졌으나 3호선 차량기지가 들어서면서(지축 차량사업소로 짐작된다.) 마승연이 직접 이장하여 현재는 용인공원묘지에 잠들어있다고 한다.

마종유는 격동의 시대를 살면서 나름 굵직한 흔적을 많이 남겼다. 지금보다 훨씬 더 많이 연구되고 마땅히 더 큰 관심과 존경도 받아야 할 사람이다. 그가 살던 곳이 훗날 통의동 마을마당이 되어 두 차례 우여곡절을 겪은 것, 그리고 내가 그 역사적 이웃으로서 이 기록을 남기고 있는 것 모두가 인간이 계획한 일은 아니다. 세상의 인연이란 이처럼 참으로 묘한 것이다.

통의동 7-3번지와 4·19혁명

여러 정황을 종합하면 4·19혁명이 일어났던 1960년 4월 19일 당시에도 마종유는 이 집에 살고 있었을 것이나 마승연은 그에 대한 이야기를 하지 않았다. 그러나 4·19혁명의 클라이맥스이며 동시에 가장 비극적인 장면이 바로 통의동 마을마당 앞길인 효자로에서 일어났다는 것은 이미 잘 알려진 사실이다. 그렇다면 과연 그날 이 길에서는 구체적으로 어떤 일이 벌어진 것일까. 통의동 마을마당의 역사를 살펴보는 데 있어서 결코 빠질 수 없는 대목이라고 할 것이다.

제2차 공원대란이 한창이던 2017년 3월 11일, 4·19혁명에 동참했던 작은아버지를 통의동 마을마당 앞에서 만나 이야기를 들었던 것은 앞에서 썼다. 또한 당시 경기고등학교 3학년 학생이었던 공사모의 김원 선생으로부터도 1960년 4월 19일, '피의 화요일'에 효자로에서 벌어진 일에 대해 들을 기회가 있었다. 작은 아버지는 1939년생, 김원 선생은 1943년생으로 당시 각각 만 21세, 그리고 17세였다. 당시 상황을 직접 겪었던 두 분의 증언과 사진, 동영상, 신문 기사 등 각종 기록을 종합해보면 그날의 상황은 이랬다.

시각 자료를 보면 그때나 지금이나 이 일대의 분위기는 그다지 달라지지 않은 듯하다. 한쪽에는 경복궁 돌담이, 그 반대쪽에는 낮은 집들이 죽 이어져있었다. 그중 한 곳에 마종유가 살고 있었을 것이다. 지금도 서울시청 건너편, 서울시의회 앞에 가면 4·19혁명 발상지라는 표석이 서있다. 수많은 시민들이 시청과 광화문 사거리 일대에 모여 집회를 하다가 마지막에 경무대, 즉 지금의 청와대로 행진해 가는 경로는 그때나 지금이나 다를 바가 없다.

지금의 정부종합청사 바로 뒷편에 수산, 항만, 해양 경비, 조선 등을 관장하던 해무청의 청사가 있었다. 경사지붕에 입구를 강조한 테두리가 있는 근대식 건물이었다. 사진을 보면 본격적인 경찰과의 대치는 그쯤에서 시작된 듯하다. 경찰이 군대보다 더 잘 무장되어있다고 하던 시절이었다. 이미 한국전쟁부터 각종 대공작전, 심지어 민간인 학살사건에 국군 이상으로 개입해오던 경찰이었다. 마침 이 일대에서 하수도 공사를 하고 있어서 대형 콘크리트 관이 널려있었다. 시위대는 그 관을 굴리며 이를 방패삼아 경무대를 향해 진격하기 시작했다. 경찰은 물대포로 응사했다. 오후 1시 무렵이었다. '피의 화요일'이 본격적으로 시작된 것이다.

해무청과 경찰의 물대포

다음 사진에는 경찰이 시위대에 밀리면서 후퇴하는 모습과 하수관을 밀면서 전진하는 시위대의 모습이 보인다. 이 지점이 통의동 마을마당 바로 앞일 것이다. 카메라가 조금만 더 오른쪽을 향했다면 당시 마종유가 집이자 사무실로 썼던 한옥을 볼 수 있었을 텐데 아쉽다.

시위대의 구성은 다양했다. 당시에는 지금의 촛불 시위에서보다 어린 학생이 더 많았다. 영추문이 다시 지어지기 전이어서 통의동 마을마당 터, 즉 마종유의 집 앞에는 경복궁 담장이 이어지고 있을 뿐이었다. 경무대를 향해 계속 행진하는 시위대를 막기 위해 경찰이 저지선을 구축했다. 통의동과 창성동이 갈라지는 삼거리, 당시에는 국민대학교 교사, 즉 현재의 정부 서울청사 창성동 별관이 있는 바로 그곳이었다. 경찰은 거기에 소위 '창성동 저지선'을 그어놓고 시위대의 북진을 막으려 했다. 똑같은 상황이 2016년 연말과 2017년 연초의 촛불 시위 당시 같은 장소에서 벌어졌다. 역시 '한 번 격전지는 영원한 격전지'이며 역사는 반복되는 것인가. 차이가 있다면 1960년의 경찰은 시민을 향해 총을 쏠 준비가 되어있었다는 것이다.

오후 1시 반이었다. 저지선을 넘으려는 시위대를 향해 경찰의 총이 불을 뿜었다. 경복궁 반대편 화동의 경기고등학교

사진 오른쪽 잘린 부분이 마종유가 살던 곳이다

다양한 구성의 시위대

에서는 김원규 교장이 교문을 막아섰다. "날 밟고 가라!"며 학생들의 희생을 막기 위해 간절히 호소했지만 끝내 담을 넘어 시위대에 합류한 고3 학생 중 네 명이 사망했다. 당시 상당수 희생자가 창성동 저지선 너머 당시의 진명여고 앞에서 발생했는데 곽영주의 지휘로 시작된 경찰의 발포로 이 일대에서 21명이 사망하고 172명이 부상을 입었다. 서울에서는 경찰 포함 104명이, 전국적으로는 185명이 목숨을 잃었다. 부상자는 1500여 명이었다.

희생은 헛되지 않았다. 단기적으로는 4·19혁명의 결과로 탄생한 제2공화국이 불과 9개월 만에 5·16쿠데타로 무너졌으나, 장기적으로는 시민의 힘으로 정권을 교체한 최초의 경험이 되었다. 4·19혁명은 이후 대한민국 헌법 전문에까지 등장하게 되지만 이 사건의 현장이었던 효자로 일대에 이를 기리는 일체의 표석이나 장소가 없음은 앞에서도 이야기했듯이 역사의 아이러니다.

통의동 마을마당 조성

1960년의 4·19혁명과 그 이듬해인 1961년의 5·16군사쿠데타라는 커다란 사건을 겪으면서도 간선도로로서 효자로의 성격은 그대로 유지되었던 듯하다. 이 길은 서울 시내에서 자하문 이북 지역으로 빠지는 중요한 통로였다. 그러나 1968년 1월 21일 김신조를 비롯한 31명의 무장간첩이 청와대를 습격하는 소위 1·21사태가 발생하면서 이 길의 성격이 급격하게 변하기 시작했다. 북악산의 출입이 통제된 것, 그리고 자하문으로 가는 대체도로로써 현재의 자하문로가 개설된 것 또한 이 사건의 여파였다고 전한다. 그 결과 효자로는 민간인의 출입이나 건축 행위를 제한하는 어딘가 두렵고 음습한 길로 변해갔다.

통의동 7-3번지의 소유자는 계속 바뀌고 있었다. 그 이전까지가 개인이었다면 이제는 기업이 등장했다. 1974년 코오롱엔터프라이스 주식회사, 1978년 동양양판공업 주식회사, 그리고 1981년에는 성주광업 주식회사의 소유가 되었다. 이 무렵인 1975년에 한동안 사라지고 없었던 영추문이 복원되었다. 원형과는 다른 콘크리트 구조에, 게다가 어떤 이유에서였는지 원래 위치보다 약 30미터 정도 북쪽으로 올라간 위치였다. 덕분에 통의동 7-3번지 앞의 경관이 완전히 변했다. 경복궁 담장밖에 없었는데 이제는 영추문을 마주하게 된 것이다.

이제는 공공 기관이 등장할 차례다. 1986년 드디어 서울시가 이 땅의 소유자가 되었다. 이 무렵 어떤 이유에서인지는 모르나 통의동 7-3번지에 있던 한옥 혹은 그 이후의 건물은

통의동 마을마당 조성 당시 보고서

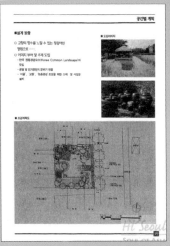

통의동 마을마당 조성 당시 스케치

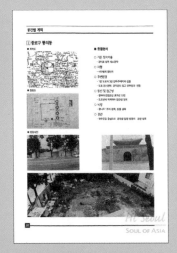

통의동 마을마당 조성 당시 현장 사진

모두 철거된 듯하다. 1984년 당시 촬영한 인근 지역의 사진에는 건물이 보이지 않고 작은 경사 지붕 건물만 하나 서있을 뿐이다. 서울시는 아마도 그 상태로 10년 가까이 시간을 보낸 것 같다. 그러다가 1996년 서울시는 시의 역사에 길이 남을 큰 결정을 내린다. 통의동 7-3번지를 위시하여 서울시내 시 소유 땅 열 군데에 '마을마당'을 만들기로 한 것이다. 당시 서울시장은 조순이었다. 당시 발간한 '마을마당 조성 기본 및 실시설계 보고서'에 실린 공사 전 현장사진을 보면 담장 안으로 쓰레기가 가득한 텅 빈 땅이 보인다. '공지로 일부 채소경작'이란 말이 써있는 것으로 보아 동네 주민들이 텃밭으로 사용했던 것 같으며 이는 주민들의 증언과도 일치한다.

1993년 김영삼의 문민정부가 들어서면서 오랫동안 억눌려있던 청와대 일대에 변화의 바람이 불기 시작했다. 경복궁 북문 신무문과 청와대 사이의 길이 다시 개방되어 적어도 낮에는 다닐 수 있게 되었다. 당시 유학 중이던 내가 잠시 귀국했을 때 가족들이 일부러 이 길로 나를 데려갔을 정도로 큰 변화였다. 통의동 7-3번지가 마을마당으로 변모한 것도 당시의 시대상과 무관하지 않았을 것이다. 항간에는 원래 안가가 있던 터를 공원화한 것으로 알려져있었고, 나도 한때 그렇게 알고 있었다. 그러나 공공기록이 조작된 것이 아니라면 이 터는 계속 민간이 소유하고 있다가 서울시에 매각된 것이 맞다.

물론 당시 시대를 감안하면 서류상 민간 소유인 것처럼 형식만 갖춰놓고 실제로는 안가로 사용했으리라는 시나리오도 가능하다.

열 개 마을마당 중 가장 언론의 관심을 많이 끈 것은 통의동 마을마당이었다. 아무래도 청와대 앞 동네라는 위치적 특성 때문이었을 것이다. 당시 설계를 맡은 곳은 신화컨설팅이라는 곳이었다. 아직도 조경업계에 '신화'라는 이름의 회사가 있는 것으로 보아 혹시 같은 회사가 아닌가 추측해본다. 네이버 스트리트뷰로 확인해본 바에 의하면 이 열 개의 마을마당은 아직 모두 남아있는 것으로 보인다. 조만간 기회가 되면 하나하나 답사해볼 계획도 갖고 있다.

서울시의 마을마당 조성 사업은 지금 시각으로 보아도 도시 소공원 네트워크라는 중대한 과제를 선구적으로 시도한 것으로 평가할 수 있다. 사람이 공원을 향해 가는 것이 아니라 공원이 사람을 향해 오는 것의 구체적인 사례로서 여러 언론에서 다룬 바 있다. 이런 개념의 공원으로는 아마도 뉴욕의 소공원인 페일리공원(Paley Park)이 대표적인 듯하다. 뉴욕 한복판, 그야말로 금싸라기 땅에 있다. 가장 채우고 싶은 곳을 비워야 공원으로서의 가치가 있다는 것을 잘 보여주는 사례다. 당시 만들어진 마을마당 열 개의 주소를 보고서에 수록된 순서대로 하나하나 나열하면 다음과 같다.

1. 종로구 통의동 7-3번지

2. 광진구 광장동 344-10번지

3. 동대문구 용두동 696-2번지

4. 중랑구 신내동 410-72번지

5. 도봉구 방학동 306-24번지

6. 관악구 봉천6동 148-76번지

7. 서초구 양재동 4-1번지

8. 강남구 포이동 168-7, 8번지

9. 송파구 송파동 95-6번지

10. 강동구 천호동 448-49번지

그러나 이 마을마당들은 강제성이 있는 도시계획시설이 아닌 단순 행정용어인 '공공녹지'였다. 즉 상황이 바뀌면 언제든지 개발될 수 있는 여지를 갖고 있었다. 이러한 법적 취약성에 대한 지적은 이미 오래전부터 이어져왔다. 자투리땅에 만든 도시 소공원 중 일부는 도시계획시설로 전환되었다고 하나 통의동 마을마당은 여전히 그런 움직임에서 제외되어있었다. 이것이 훗날 제1, 2차 공원대란의 불씨가 되었다.

2장. 동네 공원 수난사

명동공원

여기서 잠시 방향을 돌려 서울의 공원 중 없어진 것들에 대한 이야기를 해볼까 한다. 그중에서도 통의동 마을마당에 비견할 만한, 도시 소공원들이 겪은 수난의 역사를 소개한다. 지금의 서울시로서는 상상하기 어렵지만, 서울시가 공원에 대해서 항상 긍정적인 입장을 보인 것은 아니었다. 오히려 전혀 반대의 행보를 밟은 경우도 많았다.

'명동공원'을 기억하는 사람은 거의 없을 것이다. 내가 어렸을 때 없어져서 나 또한 자료를 통해서만 접했다. 놀랍게도 대한민국에서 가장 땅값 비싸기로 유명한 명동 한복판에 공원이 있었다. 게다가 그냥 공원도 아니고 어린이공원이어서 놀이시설까지 갖추고 있었다. 그러니까 대한민국의 대표적 상업 지역 안에 어린이를 배려한 시설이 있었다는 이야기다. 당시의 상황으로 볼 때 이 얼마나 멋진 이야기인가? 바로 옆에 당시 멋쟁이들의 발길이 잦았던 유명한 음악감상실 '돌체'가 있어 이 공원은 더욱 유명했다고 한다.

지금은 사라진 명동공원

1954년 9월 10일자《경향신문》은 "서울특별시에서는 국제도시로서의 면모를 갖추고 어린이들의 놀터를 마련해주기 위해 시내에 약 230여 개소 아동공원을 설정하고 있다는데 제1착으로 명동에 계획도면이 완성되었다고 한다."는 기사를 실었다. 이 공원이 바로 명동공원일 것인데 그렇다면 한국전쟁이 끝난 지 얼마 되지 않았던 그 암울한 시기에 이미 소규모 공원 네트워크를 만들자는 놀라운 사회적 합의가 있었다는 것이다. 하지만 실제로 계획이 착착 진행된 것은 아니었던지, 무려 3년 후인 1957년 10월 12일자《경향신문》에서 명동에 있는 놀이터가 땅만 마련하고 시설이 없어 찾는 어린이도 거의 없다는 내용의 기사를 내보내고 있다. 1958년 12월 13일자《경향신문》의 또 다른 기사에서는 정작 다른 어린이공원들은 속속 개장하고 있으니 "명동공원도 곧 끝내야겠다."고 적고 있다.

그러다가 주목할 만한 기사가 또 하나 올라온다. 1961년 5월 5일 어린이날을 맞아 다시《경향신문》이 포문을 열었다.「있으나마나 허울 좋은 놀이터」라는 제목의 기사에서 "더구나 명동 어린이공원의 경우, 어른들의 욕심에 찬 눈이 호시탐탐하게 놀이터를 빼았으려고 획책하고 있다."는 내용이었다. 어린이 놀이터보다 7층 건물을 짓게 해달라는 진정서가 수년째 들어오고 있다는 것이었다. 놀이기구가 방치되어 있다는 내용도 있는 것으로 보아, 그사이에 공원은 조성되었으나 관리가 제대로 되지 않고 있었던 것 같다.

1964년에는 또 다른 사건이 터진다. 다름 아닌 사직공원이 민간에게 팔아넘겨진 것이다. 게다가 놀랍게도 이를 주동한 사람들이 명동 어린이공원도 함께 노렸다는 사실도 드러났다. 어떤 이유에서인지 《경향신문》에만 관련 기사가 계속 실리고 있었는데 당시 기사의 한 구절이 인상적이다. "서울은 이래서 녹지대가 없어진다."

사직공원은 이후 이승만 대통령의 특별지시가 있었다고 하며 그래도 아직 공원이 남아있는 것으로 보아 불하 시도는 없던 일이 된 듯하다. 그러나 명동공원의 운명은 달랐다. 1966년 8월 18일, 그러니까 명동공원 조성에 대한 기사가 최초로 올라온 지 불과 12년 만에 서울시가 시 금고가 바닥났다는 이유로 명동공원, 서린공원, 동대문 어린이공원 등을 매각한다는 기사가 실렸다. 역시 《경향신문》이었다. 명동공원의 당시 면적은 810평이었다.

이후의 언론 기사를 살펴보면 그야말로 너나 할 것 없이 서울시를 향한 일방적인 난타전이 시작된 것을 볼 수 있다. 서울시의회에서도 불꽃이 튀었는데, 당시의 '불도저 시장'으로 불리던 김현옥 시장은 매각을 그대로 진행하도록 지시했다. 중앙도시계획위원회도 어린이공원의 매각에 대해서는 명

백히 반대하는 입장이었다. 김현옥 시장이 이례적으로 회의에 참석했음에도 의결을 보류했다. 하지만 서울시는 굴복하지 않으며 재상정했고 싸움에는 중앙도시계획위원회가 소속된 건설부까지 가세하기에 이르렀다.

최종 승자는 결국 서울시가 되었다. 1967년 7월 18일 건설부가 드디어 매각을 승인했다. '명동공원은 유흥가 한복판에 있어 어린이 놀이터로는 부적당'이라는 궁색한 변명이 뒤를 따랐다. 《경향신문》은 그다음 날 기사에서 "서울은 어린이가 없는 도시인가"라며 절규했다. 이후 명동공원은 공매공고를 거쳐 1968년 9월 제일물산에 매각되었고 그 자리에는 제일백화점이 들어섰다. 《매일경제》는 1968년 9월 3일자 기사를 통해 명동공원을 매입한 제일물산의 이전 행적은 물론, 매각 과정에서의 의혹까지 자세하게 소개했다.

지금 그 자리에는 명동에서 가장 큰 건물의 하나인 엠플라자가 들어서있다. 주로 중규모 건물이 서있는 명동의 분위기나 스케일과 전혀 어울리지 않는다. 그 공원이 그대로 남아있었다면 지금 명동의 분위기는 과연 어땠을까. 이렇게 서울시는 공원 자산 포트폴리오에 결정적인 공백을 만들고야 말았다. 명동공원 매각은 도시계획시설로 지정된 공원의 운명도 보장된 것은 아니라는 것, 그리고 역시 한 번 움직이기 시작한 시스템은 무엇으로도 막기 어렵다는 것을 여실히 보여주는 사건이다. 당시 서울시는 그 무렵 벌여놓은 다양한 사업 비용을 충당하기 위해 이들 공원을 매각한다고 했다. 시민의 휴식처를 없애가면서 진행된 그 사업들은 과연 무엇이었을까.

수표교공원

서울 공원 수난사의 또 다른 사례는 수표교공원이다. 수표교 공원은 을지로 인근 수표동 27-3번지에 있던 작은 공원이다. 마침 공원 바로 옆 입정동에서 태어난 건축가 임형남은 이 공원을 가리켜 '사막의 오아시스'라고 부른 적이 있다. 이 공원의 건립 배경이 재미있다. 당대의 건축가였던 김수근이 설계를 재능기부했다. 원래 이 자리에는 임형남이 놀이터로 기억했던, 같은 이름의 수표공원이 있었다. 그 자리에 김수근이 아기자기한 벽돌 구조물과 벽면 분수까지 곁들인 새로운 공원을 조성한 것이다. 당시의 사진이 아직 남아있는데 지금 봐도 디자인 측면에서의 완성도가 예사롭지 않다. 사진작가의 것으로 짐작되는 'C. I. Li'라는 서명이 남아있는데 임정의 선생이 아닌가 싶지만 구체적으로 확인하기 어렵다.

　김수근이 운영하던 설계 사무실인 공간에서 남긴 기록으

로 추정되나 출처를 알 수 없는 기록이 인터넷에 떠도는 것이 있어 일부 인용한다.

새로이 시도된 이 작은 공원을 서울시에 무상으로 설계 기증한 것은 비록 협소하고 여의치 않은 여건하에서 일지라도 휴식을 위한 건전하고 즐거운 공간이 형성될 수 있다는 가능성을 보여주고, 이를 효시로 하여 많은 공원시설이 조성됨으로써 도시 환경의 질이 개선 향상되길 염원하였기 때문이다. (중략) 회색전돌(Grey Brick)로 둘러싸인 235.2평방미터의 조그만 공간이나 인공폭포과 은행나무(Ginko) 그리고 Arch 군을 사용하여 특색있고 아늑한 공간을 형성하려고 노력하였다.

이 일은 당시에도 화제였는지 1975년 6월 7일 《동아일보》가 이에 대한 기사를 내보냈다. 장모음을 확실히 표기하여 '미니파아크(소규모 공원)'로 표기하고 있는 점이 흥미롭다. 특히 앞으로 개인이 '미니파아크'를 만들 경우 공원에서 간단하게 음료수나 신문 잡지 등을 팔 수 있는 권리를 주는 방침에 대해서도 적고 있다. 다만 어떤 이유에선지 김수근에 대한 언급은 빠져있다. 나 자신도 학생 시절에 이 공원을 찾았던 기억이 희미하게 있다. 벽돌 구조물, 그리고 한쪽 벽면의 폭포가 인상적이었다. 그러나 그 이후 어느 날, 공원은 소리 소문도 없이 사라지고 말았다. 신문 기사 검색에서도 더 이상 걸리는

폭포와 벽돌 구조물이 보인다

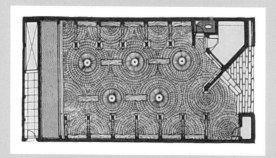

수표교공원 평면도(아주 작고 짜임새 있는 도시공원이다)

것이 없다.

지금 돌이켜보면 앞에서 언급한 뉴욕의 페일리파크를 어느 정도 참고해서 만든 것이 아닌가 싶기도 하다. 뉴욕 이스트 53가에 있는 390제곱미터의 이 공원은 작은 규모에도 불구하고 미국에서 가장 훌륭한 도시 소공원으로 평가되고 있다. 한 벽면에 폭포가 있어서 도시의 소음을 덮어주는 훌륭한 회색 소음(grey noise)을 제공하고 있다. 놀랍게도 민간 소유인데, 위키피디아에 의하면 콜럼비아방송국의 주요 임원이었던 윌리엄 페일리가 그의 아버지 새뮤얼 페일리를 기념해서 만든 것이라고 한다. '개인 소유의 공공공간(privately owned public space)'의 대표적인 사례다. 설계는 '자이언 브린 리처드슨(Zion Breen Richardson)'이라는 조경회사에서 했으며 1967년 5월 23일에 개장했다고 하므로 당시 누구보다도 해외 물정에 밝았던 김수근이 이 공원에 대해서 알고 있었을 가능성은 매우 높다.

물론 이러한 영향의 여부와는 별도로, 수표교공원 역시 남겨진 사진만 보아도 참으로 근사한 장소였던 것 같다. 규모로 보면 419.4제곱미터인 통의동 마을마당에 비해 절반이 조금 넘는 크기다. 놀라운 것은 지금도 이 자리에 도시계획시설 공원이 있다는 것이다. 다만 사진 속의 나무들이 그대로 남아있을 뿐이고 김수근이 설계한 것들은 모두 흔적도 없이 사라졌

나무만 남기고 흔적도 없이 사라졌다

다. 장소의 질은 비교할 수조차 없다. 역시 김수근 설계로 만들어진 인근의 세운상가가 도시재생의 아이콘으로 화려하게 부활하고 있는 것과는 사뭇 대조된다. 어떻게 없어졌는지 그 기록 또한 찾을 길이 없다. 이렇게 우리는 근사한 도시 소공원과 중요한 기억 하나를 또 잃었다.

질긴 운명의 장소

다시 통의동 마을마당으로 돌아가보자. 약 6년의 간격을 두고 일어난 두 개의 사건이지만 내막을 알고 보면 두 번의 공원대란은 근본적으로 같은 구조를 되풀이했다. 간단히 말해서 청와대 동쪽 삼청동의 민가를 통의동의 공공소유 부지와 대토, 즉 맞바꾼 사건이 두 번 연속해서 일어난 것이다. 여기에는 한국 근현대사의 어두운 사연이 여럿 숨어있다. 이미 발표된 여러 신문 기사 등을 종합해서 사건을 재구성해보기로 한다.

청와대 동쪽, 삼청동 좌안의 언덕 위에 여러 개 필지가 막다른 길 하나를 가운데 두고 마치 포도송이처럼 매달려있는 곳이 있다. 친일파로 알려진 민씨 일가 등이 일제강점기에 이 일대에 자리 잡고 있었다. 그 상당 부분은 이미 1980년대부터 청와대의 소유였다. 그 지역에 언론에 자주 등장한 안가가 하나 있다. 테니스장이 딸린 꽤 널따란 집이다. 문민정부를 표방한 김영삼 정부는 박정희 대통령 시해사건이 일어난 궁정동 안가를 공원으로 바꾸는 등 안가로 상징되는 밀실 정치의 잔재를 없애기 위한 노력을 기울였다. 그럼에도 불구하고 대통령 당선자의 경호를 위해 안가가 하나 정도는 필요하다는 의견이 있었다고 한다. 경호에도 유리하고 당선자가 사는 지역의 주민들에 대한 피해도 최소화할 수 있기 때문이었다. 충분히 납득이 가는 이야기다. 실제로 김대중 대통령도 당선자 시절에 이 안가를 이용했다고 한다.

바로 그 안가 맞은편에 이 일대에서 '삼청장' 혹은 '민대감 댁'으로 알려진 한옥이 있다. 마종유가 시공 일을 그만두게 된 계기가 되었던 바로 그 집이다. 그 한옥이 상속되는 과정에서 세금 체납을 이유로 공매로 넘어가는 상황이 되었다. 이를 인수한 측에서 한 문화단체의 사옥으로 사용하려는 움직임을 보이자 청와대가 난색을 표했다. 소위 '경호 지역' 안에 민간인이 다수 몰려오면 문제가 생긴다는 이유에서였다. 결과적으로 청와대가 이전부터 소유하고 있던 통의동의 경찰 시설 부지와 대토하는 것으로 결정이 되었다. 덕분에 문화단체는 사옥을 지을 수 있었지만 갈 데가 없어진 경찰은 자리를 찾아야 했다. 청와대는 마침 인근에 있던 통의동 마을마당을 서울시로부터 대토 과정을 통해 인수했다. 그 땅에 경호 시설을 지으려고 했다가 주민들의 반대에 부딪혀 후퇴한 것이 바로 제1차 공원대란이다.

몇 년의 시간이 흘렀다. 청와대는 동쪽 삼청동 안가 지역 일대의 부동산을 계속 확보했다. 2016년이 되자 막다른 길의 끝 집과 그 주변의 몇 임야 필지만 남아있었다. 이것을 최종적으로 확보하여 경호 지역을 완성하려는 과정의 마지막 단계 또한 대토였다. 다시 한 번 통의동 마을마당이 희생양이 되었다. 이번에는 정말로 소유권이 넘어갔다. 2016년 12월 9일, 앞에서 설명한 내용 그대로였다. 이것이 제2차 공원대란이었다. 시세를 맞추기 위해서였는지 인근 효자동의 청와대 주차장 부지에 있던 또 다른 땅도 이 과정에서 소유권이 넘어갔다. 지금 그 자리에는 빌라 한 채가 새로 들어섰다. 앞에서도 썼지만 몇몇 변호사들이 공시지가 등 대토의 전반적인 과정을 검토했지만 절차상의 문제는 없다고 했다. 아마 이 일에 관여했던 사람들이 그리 허술하게 일처리를 했을 리도 없을 것이다.

국가원수의 경호 그 자체에 대해 왈가왈부할 수는 없다. 더구나 청와대는 1.21사태를 보듯 실제로 공격당한 경험이 있는 장소이기도 하다. 마땅히 철저하게 지켜야 할 곳이다. 그러나 그 과정에서 시민들이 사용해오던 공원이 두 번이나 거래의 대상으로 다뤄진 것은 분명히 불행한 일이다. 그리고 이렇게 확보한 경호 지역 내의 건물들이 어떤 목적으로 사용되었는가에 대해 언론 역시 관심을 보였다. 촛불 정국이 막 시작된 이후인 2016년 11월 28일 《중앙일보》는 「박 대통령, 재벌 총수 비밀 만남에 사용한 삼청동 안가는」이란 제목의 기사를 내보냈다. 이어 12월 7일에는 《시사저널》에 또 다른 기사가 실렸다. 위에서 설명한 한옥, 즉 삼청장에서 훗날 국정농단의 핵심사건 중 하나로 지목된 미르재단과 K스포츠재단 설립을 위한 회동이 있었다는 내용이었다. 외부인의 청와대 출입 기록을 남기지 않기 위한 방법이었다고 한다. 한때 하나였던 안가가 이제 다시 여럿이 된 것인가.

생각해보면 제2차 공원대란은 국가 최고권력의 몰락과 근대사의 비극이 총망라된 거대한 폭풍우와도 같은 사건이었다. 그 모든 역경을 뚫고 끝끝내 시민의 공원으로 살아남은 통의동 마을마당이란 도대체 어떤 질긴 운명의 장소란 말인가. 왜 그들은 매번 이곳을 제물로 삼으려 했던 것일까.

3부.
동네 공원의
미래를 위한 제안

1장. 앞으로의 과제

이번 일을 겪으면서 수많은 사람들을 만났다. 대체적으로 공원의 중요성을 인식하지 못하는 사람은 없었다. 그러나 동시에 공원이란 '아직 개발이 안 된 빈 땅'이라는 생각을 갖고 있는 사람들도 많이 만났다. 일단 공원으로 쓰는 것은 좋지만 언젠가 여건이 바뀌면 개발할 수도 있다는 생각을 가지고 있었다. 이런 사람들은 공원을 언젠가 들어설 건물과 등가로 보는 듯하다. 이 둘은 과연 같은가.

건물이 상자라면 공원은 보자기 같은 것이라고 생각한다. 상자는 내용물에 따라 그 형상이 바뀌지 않지만 보자기는 그 내용물의 형상을 드러낸다. 상자는 견고하지만 보자기는 유연하다. 무언가를 담는다는 점에서는 같지만 담는 방식과 느낌은 사뭇 다르다. 건물은 볼일이 있어 찾아가지만 공원은 그냥 가는 곳이다. 건물은 갈 필요가 있을수록 좋고 공원은 역설적이지만 갈 필요가 없을수록 좋다. 사랑을 고백하거나 울기 위해서 건물을 찾아가지는 않지만 공원에서는 그런 일이 가능하다. 건물에는 주인이 있을 것 같지만 공원에 가면 내가 주인이다. 건물은 문을 열고 닫는 시간이 있지만 대부분의 공원은 그렇지 않다. 건물은 필요해서 짓지만 공원은 만들어놓아야, 혹은 없어진 후에야 왜 필요한지를 깨닫는다. 그 생각의 차이가 사회의 수준이다. 즉 공원의 가치는 당장의 실용보다는 손에 잡히지 않는 여유다.

'등기부 등본이 바뀌는 그날까지'라는 공사모의 목표는 일단 달성되었다. 소유권도 서울시로 다시 넘어갔고 도시계획시설 지정 절차도 완료되었다. 그렇다면 이제 이 일은 완전히 끝난 것인가. 어쩌면 지금이야말로 새로운 시작의 지점인지도 모른다.

우선 어렵게 다시 돌아온 공원을 더욱 잘 가꾸고 즐겨야 하겠다. 2019년 가을에 시작된 공원 재조성 사업과 맞물려 시민과 공공 기관이 공동으로 참여하는 통의동 마을마당의 관리와 운영에 대한 민관합동 기구의 창설을 제안하려고 한다. 쓰레기 줍기, 눈 쓸기 등 일상의 소소한 관리는 주민들이 어느 정도까지 할 수 있으며 어차피 지금까지도 그렇게 해왔다. 다만 논의를 거쳐야 할 문제들은 여전히 산적해있다. 예를 들어 쓰레기통만 해도 설치하는 것이 좋으냐 아니냐는 아직 사회적으로 결론이 나지 않은 상태다. 건축가인 나도 솔직히 뚜렷한 답이 떠오르지 않는다. 강남대로만 해도 양옆의 강남구와 서초구가 서로 전혀 다른 접근을 한 사례가 있다. 통의동 마을마당이 이런 논의가 심화되는 계기를 제공하면 좋겠다.

계절별로 여러 가지 다양한 행사를 기획하는 것도 가능하겠다. 공원을 살리기 위한 과정에서 시도했던 몇몇 행사들을 형식과 내용을 새롭게 변화하며 이어나가는 것은 의미있는 일일 것이다. 낭독회, 음악회, 그냥 멍 때리는 모임, 바자회 등 가능성은 무궁무진하다. '공원 사진관'이라는 행사가 다른 곳에서 열린 적이 있다는데 참고할 만하다. 서울로에서 열리고 있는 '달려라 피아노'처럼 피아노를 하나 갖다놓고 오가는 사람들이 치게 하는 가칭 'Piano in the Park'라는 행사도 언젠가 시도해보려고 한다. '어떤 행사는 가능하고 또 어떤 행사는 가능하지 않은가' 하는 문제도 위에서 이야기한 민관합동 기구의 논의를 통해서 의견을 조율할 수 있을 것이다. 이미 우리 사회에는 시민들의 사회적 삶에 도움을 줄 수 있는 다양한 프로그램들이 있다. 예를 들어 서울시향의 '찾아가는 서울시향' 콘서트가 통의동 마을마당을 찾아온다면 아주 근사한 일이 될 것이다.

또 다른 중요한 문제가 있다. 청와대의 사과다. 결자해지, 즉 이 모든 일에 원인을 제공한 청와대의 사과가 있어야 하지 않을까. 그들이 이 문제를 시민의 공공적 입장에서 보지 못하고 단순한 법률적 소유권의 차원으로 접근한 것이 모든 것의 발단이 되었다. 그래서 두 번이나 공원이 사라질 뻔했던 것이 아닌가. 결과적으로는 청와대가 저지른 일을 서울시청이 나서서 해결한 모양새가 되었다. 물론 그때의 청와대는 지금의 청와대와 다르기 때문에 굳이 사과할 이유가 없다고 생각할 수도 있다. 하지만 그런 식으로 접근하면 우리는 과거사 문제들에 대해서 현재의 누구와도 이야기할 수 없을 것이다.

청와대는 개인의 집합이 아닌, 국가 시스템의 일부다. 그렇기 때문에 이전 시대의 잘못에 대해 아무런 직접적 책임이 없는 현재의 조직이 사과할 수도 있고, 또 그래야 한다. 노무현 대통령도 자기에게 전혀 책임이 없는 제주 4·3사건에 대해 국가적 차원에서 사과했다. 물론 사과 여부는 공원을 사용하는 데 현실적으로 아무 영향도 주지 않는다. 대부분의 사람들은 공원에 그런 일이 일어났는지도 모를 것이다. 그러나 지금 상황은 마치 전쟁은 끝나고 평화가 찾아왔으나 진정한 의미에서 전후처리가 되지 않은 것과도 같다. 청와대의 사과는 내가 살고 있는 이 공화국의 시스템은 어디까지 작동할 수 있을까라는 질문에 대한 궁극적인 답이 될 것이다. 이전의 청와대처럼 '법적으로 아무런 문제가 없는데 왜 사과를 해야 하냐.'고 하면 역시 할 말이 없다. 솔직히 큰 기대는 없다.

궁극적으로는 아주 독특한 제안이 하나 있다. 한창 공원 살리기에 골몰하던 무렵, '시민들이 나서서 이 공원을 사면 어떤가'라는 의견이 페이스북에서 오간 적이 있었다. 전부가 아니면 그중 일부라도 시민 지분이 있으면 좋겠다는 의견이었다. 이성호(가명) 씨가 한 제안이 지금도 눈에 밟힌다. 자기는 집도 땅도 소유하고 있지 않은 사람이라고 했다. 그런데 만약 가족의 이름으로 통의동 마을마당의 일부 지분을 가질 수 있으면 정말 좋겠다고 했다. 휴일에 자기 아이들을 여기 데려와서 "여기 우리 땅이야. 물론 우리가 혼자 다 갖고 있는 것은 아니지만, 우리 허락 없이 누구도 이 땅을 가지고 함부로 할 수 없어. 누구도 다시 이 공원을 없앨 수는 없어."라고 아이들에게 이야기하고 싶다는 것이다. 만약 이런 일이 현실화되면 지분 소유자는 과연 몇 명이나 될 것인가. 그 이름을 다 적은 등기부 등본은 사람 키를 넘을 수도 있겠지, 그렇다면 그 등기부 등본을 기네스북에 세계에서 가장 두꺼운 등기부 등본으로 등재할 수도 있지 않을까, 그렇다면 정말 세계적인 명물이 되지 않을까……. 어려운 상황에 한 줄기 신선한 바람 같았던 그 희망의 메시지를 지금도 잊을 수가 없다. 중요 건물이나 장소에 대한 시민자산화의 노력은 앞으로 더욱 보편화될 것이다.

여기부터는 공원 사태를 겪는 동안 공원의 미래에 대해서 썼던 글들을 담았다. SNS에 올렸던 내용도 있고 일간지에 기고한 글도 있다. 당시 고민의 맥락을 살리기 위해 최대한 원문 그대로를 살렸고 그 글을 쓴 날짜를 밝혀두었다.

2장. 통의동 마을마당의 미래[*]

통의동 마을마당의 미래는 무엇일까요?

아시다시피, 이미 민간에게 매각되어 언제 개발이 시작될지 모르는 상황이 되었지만, 공사모(공원을 사랑하는 시민 모임)는 지금이라도 이곳을 살리는 해법으로 서울시와 종로구청이 도시계획시설 '공원'으로 지정하여 법적으로 보호할 것을 주장하고 있습니다. 이것과 관련있는 법률은 '도시공원 및 녹지 등에 관한 법률'인데요, 통의동 마을마당처럼 면적이 작아도 충분히 법의 보호를 받는 공원으로 지정할 수 있습니다. 왜 그동안에 그리 안 했는지는 의문이지만요.

아마 그렇게 되면 약간의 재정비가 필요할 것입니다. 그리고 유지나 관리도 지역사회와 지자체가 함께해나가는 등 일종의 사회적 협약이 필요할 것입니다. 그런 선도적인 역할을 하는 장소가 되었으면 좋겠군요.

제가 생각하는 몇 가지 내용을 적어봅니다.

[*] 2017년 1월 29일 페이스북 포스팅.

1. 텃밭

통의동 마을마당은 만들어진 지 20년이 지났습니다. 처음의 도면을 보면 텃밭 같은 것도 보이는데 지금은 다 없어졌습니다. 원래 마을마당으로 조성하기 전에도 주민들이 텃밭을 가꾸던 곳이라고 하니까 이것은 다시 살려도 좋겠습니다. 그리고 최근 몇 년 동안 관목의 비중이 눈에 띄게 줄어들었습니다. 아마 적극적인 관리를 하지 않은 탓이겠지요.

2. 정자

그닥 성의있게 만든 정자는 아닙니다. 그리고 처마가 짧아서 조금만 비가 와도 안으로 비가 들어와서 무용지물이 됩니다. 아마 이 정자는 다시 잘 짓는 것이 좋겠네요. 정자에 야외용 220볼트 콘센트와 USB전원을 함께 제공하면 쉬면서 스마트폰 충전도 할 수 있으니 어떨까요. 서가를 마련해서 미니 도서관 기능이 있어도 좋겠습니다.

3. 담장

3면이 담장인데 인접대지와 잘 협의해서 재미있게 꾸미면 좋겠지요. 결국 협의가 문제의 핵심인 것 같습니다.

4. 수종

공원 한가운데 있는 느티나무는 워낙 수형도 좋고 연륜도 오래 되었으니 마을의 당산나무처럼 그 자리에 계속 있어야겠지요. 다만 자귀나무는 좀……. 지금은 꽃이 전무한 상태인데 계절별로 꽃이 피어야 공원답겠지요.

(추가하자면 도시 공원의 수종은 신경 써서 선정해야 한다. 너무 빨리, 혹은 너무 크게 자라거나 번식력이 강한 것, 혹은 자귀나무처럼 끈끈한 수액이 나오는 것 등은 피하는 것이 좋다. 꽃가루나 낙엽 등이 발생하는 정도 또한 사전에 고려해서 주변에 미치는 영향을 줄이는 등 효율적 관리를 통해 예산을 절약할 필요가 있다.)

5. 바닥, 그리고 무장애 공원(barrier-free park)의 가능성

그냥 흙바닥인데 비가 오면 진탕이 되곤 합니다. 투수형 재질로 흙물이 올라오지 않게 하면 어떨까 생각해봅니다. 저도 설계할 때마다 야외의 바닥을 어떻게 처리하느냐는 매우 골치가 아픕니다. 이 공원은 물론 이 지역 일대가 거의 평지라서 장애인이 별 어려움 없이 접근할 수 있습니다. 소위 무장애 공원이 되는 데 아주 좋은 조건을 갖춘 곳이지요. 입구 쪽 바닥에 깔린 돌 마감재가 좀 울퉁불퉁한데 그런 것들을 보완하고, 필요한 시설을 조금 보태면 아주 훌륭한 무장애 공원이 될 수 있습니다.

6. 조명

일반 가로등 2구짜리가 두 개 있는데 좀 더 분위기가 있는 조명이었으면 좋겠습니다. 나무에 지장이 없다면 잔디등처럼 상향등을 하되, 너무 밝을 필요는 없다고 생각합니다. 지금의 조명은 색도 차갑고 위에서 쏟아지는 듯한 하향등이어서 밤에 보면 별로 아늑한 분위기가 못 됩니다. 요즘 태양광 조명이 많이 나오는데 실제 효율이 어떤지 잘 모르겠군요.

7. 운동 시설

조성 초기에는 운동 시설이 없었는데 이후에 철봉 등 몇 개의 운동 기구가 설치되었습니다. 은근히 시민들이 많이 씁니다. 잘 유지관리해서 계속 사용해야 하겠죠.

8. 도구 및 장비

공원을 가꾸려면 장비가 필요하지요. 우선 빗자루와 쓰레받기가 있어야 하고 겨울에 눈을 치우려면 눈삽 등도 있어야 합니다. 기존에 낮은 돌담장 등이 있는데 그 뒤편에 간단한 박스 같은 것을 마련해서 도구와 쓰레기 봉투 등을 넣어두고 주변 지역 시민들이 수시로 와서 청소하고 간단한 관리도 하고 쓰레기도 줍고 그러면 좋겠습니다. 저와 저희 설계회사는 당연히 그 역할을 하려고 합니다. (사실 지금까지도 가끔 그렇게 해왔습니다.) 지자체와 서로 역할 분담을 해서 항상 관리가 잘 된 모습으로 시민들을 맞이해야 하겠지요.

그러고 보니 잘생기고 기능적인 쓰레기통도 있으면 좋겠네요. 단 쓰레기통은 요물이라 그 자체로 쓰레기를 유발하는 물건이기도 하지요. 공원 전체가 쓰레기통이 되는 것을 어떻게 막을 수 있을까 고민해야 하겠습니다.

9. 벤치

앉을 곳이 조금 더 필요합니다. 지금도 벤치가 몇 개 있기는 한데 조금 더 늘리면 어떨까 합니다. 벤치도 좀 더 좋은 것으로 바꾸면 어떨까요? 이동식 의자도 몇 개 더 있으면 좋겠습니다.

10. 기타

사실 얼마든지 아이디어가 있을 수 있습니다. 4·19혁명 기념물 같은 것이 공원 어딘가에 자리 잡아도 좋을 것 같습니다. 그리고 정기적으로 이 공원에서 다양한 행사가 열려야 하겠습니다. 벼룩시장, 바자회, 자선 공연, 음악회 등등. 이런 행사가 원활하게 준비되려면 공원에 몇 군데 야외용 전원이 들어와 있는 것이 좋겠습니다. 도전(盜電)이 문제될 텐데, 인근 주민들이 다 보는 데서 과도하게 그리할까요?

사실 이전에도 행사를 하려고 신청해보면 이런저런 펑계

로 경찰에서 허가를 잘 안 해주려고 합니다. 결국 청와대 눈치를 보는 것인데, 앞으로는 이런 구태도 좀 청산이 되어야 하겠죠.

이 밖에도 제가 생각하지 못하는 다양한 접근 방식이 있겠습니다. 건축이나 조경 하시는 분들은 아이디어가 많으실 거고, 다른 분들도 얼마든지 제안할 수 있다고 생각합니다. 그리고 제가 모르는 이 장소의 이야기들도 많이 있을 것입니다. 모두 들어보고 싶습니다.

단, 저는 개인적으로 지금의 분위기를 확 갈아엎는 것은 피하는 것이 좋다고 생각합니다. 그러니까 오래된 건물을 조심조심 고치듯이 공원도 그렇게 다룰 수 있다고 생각합니다. 공원레노베이션 20년이면, 우리 사회의 변화 속도를 고려할 때 사실 상당히 오랜 시간을 버틴 것이니까요. 그 나름의 역사를 존중해주어야 하겠죠.

사진은(이 책 14~15쪽 컬러 사진 참조) 몇 년 전 깊은 가을의 어떤 날, 통의동 마을마당 돌 담에 떨어지는 햇살을 찍은 것입니다. 이 사진에서처럼 이 장소가 앞으로도 시민들의 사랑과 법적인 보호를 받는, 햇살이 내리쬐고 운치 있는 공원으로 남아 있기를 소망합니다.

존재는 곧 이야기입니다. 이야기를 하면 그만큼 존재가 이어집니다.

3장. 공원의 이용객[*]

통의동 마을마당의 이용객이 좀 적지 않냐고 물어보시는 분들이 은근히 계십니다. 드러내놓고 이야기는 안 하시지만 그렇게 작고 보잘 것 없는 공원을 구하겠다고 뭐 그리 애쓰느냐는 생각이신 듯합니다. 그래서 계산을 해봤습니다.

서울숲을 비교 사례로 들어보겠습니다. 서울숲의 면적은 115만 6,498제곱미터(약35만 평)입니다. 그리고 하루 이용객 숫자는, 2014년 당시 관리소장이었던 분의 인터뷰에 의하면, 5만에서 8만 명 사이랍니다.

통의동 마을마당의 경우 면적은 419.4제곱미터(약 126.9평)입니다. 서울숲의 면적 대비 이용객 숫자 비율을 적용하면, (통 크게 10만으로 보겠습니다)

1,156,498 : 100,000 = 419.3 : X

X = 36.3(명)

이라는 결과가 나옵니다.

[*] 2017년 5월 3일 페이스북 포스팅.

통의동 마을마당의 연평균 하루 이용객 숫자가 얼마인지는 물론 저도 세어보지 않았습니다. 그런데 하루에 이용 민원이 36.3명보다는 확실히 많은 것 같습니다. 인근 지역 보육시설의 아동들이 여기서 수업을 받곤 하는데 보통 한 번에 선생님 포함 열 명 정도가 옵니다. 물론 겨울에는 이용객이 줄어들고 요즘 같은 봄에는 엄청나게 늘어납니다. (저도 그들 중 하나입니다.) 연간 방문객을 다 따져 봐도 확실히 저 숫자보다는 높을 것입니다.

세계적으로 명성이 자자한 뉴욕의 센트럴파크를 볼까요? 연면적은 341만 제곱미터로 서울숲의 3배 정도 되는군요. 그런데 연간 이용객이 2500만 명이라고 합니다. 이것을 365로 나누면 하루에 6만 8,493.1명. 서울숲보다 조금 못한 숫자입니다. 면적 비율로 따지면 1/3 이하입니다.

그렇다면 우리는 역으로 통의동 마을마당보다 면적 대비 이용객 숫자가 적은 것으로 짐작되는 서울숲의 존폐를 고민해야 하는 것일까요? 나아가 서울숲의 3배 면적을 갖고 있으면서 하루 이용객 숫자는 더 떨어지는, 상대적으로 시민의 세금을 더 낭비하고 있음이 확실한 센트럴파크의 존재 이유에 대해 심각히 논의하라고 뉴욕시에 우정 어린 충고라도 해야 하는 것일까요?

전혀 그렇지 않다는 것이 이 글에서 하고 싶은 이야기입

서울숲

뉴욕의 센트럴파크

니다. 도대체 '공원의 이용'이라고 하는 것이 무엇을 의미하는 것입니까? 공원은 공연상처럼 단일 목적으로 사람들이 오는 곳이 아닙니다. 걷거나 운동을 하러 오는 사람도 있고 책을 읽으러 오는 사람도 있고 당연히 그냥 멍 때리러 오는 사람들도 있습니다. 몇 시간을 보내는 사람, 그냥 쓱 지나가는 사람도 있습니다. 오히려 사람이 적어서 그 순간 나의 기쁨이나 슬픔에 잠길 수 있어서 더 좋은 곳이 바로 공원입니다. 즉 공원은 삶의 다양성을 너그럽게 품어주는 보자기 같은 장소입니다.

그러니 애초부터 공원의 가치에 대한 접근을 양적 기준으로 하는 것부터가 문제입니다. 저는 그런 질문을 던진 분들께 공원을 좀 더 다양하게 경험해보실 것을 권합니다. 그런 다음 스스로에게 묻고 답하시면 되겠습니다. 그래도 받은 질문은 질문이기 때문에 뒤늦게나마 이렇게 공개적으로 답변을 한 것입니다.

사람으로 북적이는 공원, 인적이 드물어 한갓진 공원, 우리에게 모두 소중합니다. (공연히 불러내어 고생시킨 서울숲과 센트럴파크에 미안합니다.)

4장. 공원은 시민의 공유지다*

믿기 어려운 사건이 지금 서울의 유서 깊은 지역인 경복궁 옆 서촌에서 벌어지고 있다. 영추문길 건너의 통의동 마을마당이 관리청인 대통령 경호실에 의해 2016년 12월 9일 '대토'라는 형식으로 민간 소유가 된 것이다. 그곳은 1997년 초에 조성된 대한민국 최초의 공공 마을마당이다. 그동안 도시 소공원 네트워크의 효시로 여러 차례 언론에 등장해왔다. 생활권 공원이 거의 없는 이 지역으로서는 사막의 오아시스 같은 곳이다. 그런데 하루아침에 국유지에서 사유지가 되고 말았다. 즉 시민에게 개방된 공공장소로서의 미래가 불투명하게 됐다. 내막인즉 경호 목적으로 청와대 인근 주택과 이 공원을 서로 바꿨다는 것이다. 청와대 경호 자체는 논외로 치더라도 왜 이 과정에서 굳이 공원을 희생했을까.

전통 마을로 치면 당산나무를 베어버린 셈이다. 이에 주민을 위시한 33명의 시민이 '공원을 사랑하는 시민모임(공사모)'을 결성, 현 상황의 부당함을 알리고 공원을 지키기 위한 시

* 2017년 1월 24일 중앙일보 기고.

민운동에 돌입했다. 현수막을 걸고 수백 명의 서명을 받아 관계 기관에 탄원서를 제출하고, 구청장과 시장을 포함한 공공 기관장을 잇따라 면담했다. 구의원과 시의원, 지역구 국회의원도 접촉했다. 그들의 목소리는 오직 한 방향을 향하고 있다. 잘못된 것을 되돌리라는 것이다. 공원은 시민의 것이며, 또 그렇게 지속돼야 한다는 주장이다.

당연한 이야기처럼 들리지만 현실은 어떨까. 놀랍게도 주변에서 흔히 볼 수 있는 마을마당·쌈지공원·자투리공원 등은 그 상당수가 법적인 공원, 즉 도시계획시설이 아니다. 즉 임의로 지정하고 해제할 수 있다. 그만큼 개발의 유혹이 많을 수밖에 없고, 따라서 사라질 가능성도 크다. 그러나 공원은 시민의 일상 속으로 깊게 들어와 있을수록 더 소중하고 가치가 있는 것이다. 우리가 공원으로 일부러 가는 것이 아니라 공원이 우리 곁으로 와야 한다. 나아가 그들이 서로 긴밀히 연결돼 있을 때 삶은 그만큼 풍성해지며 도시에는 활력과 생기가 돈다. 하나라도 더 만들어 그 연결고리를 더욱 촘촘하게 해도 모자랄 판이다. 그런데 이미 있는 공원을 없앤다니? 그것은 시대의 요구를 정면으로 거스르는 심각한 도발이다. 적어도 2017년의 대한민국 사회에서 일어날 일은 아니다.

공원을 지속적으로 지키는 흥미로운 사례를 하나 들어보자. 미국 동부 코네티컷주의 뉴헤이븐은 도시 중심부의 한 블

뉴헤이븐공원

록이 비어 있다. 작은 교회 세 개가 있을 뿐이다. 1638년에 만든 도시계획의 결과다. 6만 5000제곱미터에 달하는 이 녹지의 이름은 '뉴헤이븐공원(New Haven Green)'이다. 그 한쪽에 예일대가, 반대쪽에는 시청이 자리 잡았다. 일부러 가야 하는 먼 곳이 아닌 그야말로 시내 한복판이다. 세계적인 대학과 시청사 사이의 땅, 얼마나 탐내는 사람이 많았을까. 그러나 누구나 갖고 싶어 하는 땅이야말로 동시에 최적의 공원 부지가 아닌가. 다행히 뉴헤이븐공원은 수백 년이 지난 지금까지도 잘 유지되고 있다.

비결은 소유 방식에 있다. 뉴헤이븐공원은 국유지나 시유지가 아니다. 놀랍게도 사유지다. 다만 그 소유권은 5명의 시민으로 구성된 위원회가 갖고 있다. 그중 하나가 죽으면 나머지 4명이 후임자를 선정한다. 대대손손 시민 모두의 땅이라는 사회적 합의를 이렇게 제도화한 것이다. 그 어떤 정치가나 공공 기관도, 그 어떤 개인이나 기업도 이 공원의 운명을 결정할 수 없다. 이것이 바로 공유지의 힘이고 시민사회의 힘이다. 여기에는 '공원=아직 개발이 안 된 빈 땅'이라는 잘못된 등식이 끼어들 여지가 없다.

위험에 처한 통의동 마을마당을 지키고 공원 기능을 유지하는 게 매우 시급한 단기적 과제라면, 이를 포함한 수많은 대한민국의 작은 공원에 더욱 공고한 법적 지위를 부여하는 것은 장기적 과제다.

　당장 뉴헤이븐공원처럼 실질적인 공유지를 만들 수는 없다고 해도 상징적인 공유지로 보호하는 길은 이미 있다. 도시계획시설 지정이라는 매우 효과적인 '무기'가 있는 것이다. '도시공원 및 녹지 등에 대한 법률 시행규칙'에 보면 설치기준·유치거리·규모 등과 무관하게 '소공원', '역사 공원', '문화공원' 등의 이름으로 얼마든지 공원을 지정하고 보호할 수 있도록 돼있다. 통의동 마을마당의 원소유자였던 서울시청이나 그동안 관리를 위임받아온 종로구청 모두 필요할 때 쓰라고 준 이 행정적 도구를 왜 여태까지 사용하지 않고 있었을까.

　이제라도 늦지 않았으니 책임감을 가지고 상황을 되돌려 놓아야 할 것이다. 그래서 이 유서 깊은 공원이 인근 주민의 편안한 쉼터로, 경복궁과 서촌을 찾아오는 시민의 휴식처로, 인근 보육시설 어린이의 수업 장소로, 역사답사팀이 영추문을 배경으로 모일 수 있는 장소로, 시위대와 경찰이 함께 앉아 쉬는 평화 지역으로, 꽃이 피고 새가 우는 도시 속 자연생태계로 그 다양한 기능을 영구히 수행할 수 있어야 할 것이다.

　그 밖의 다른 선택은 없다.

5장. '민간 소유의 공공 공원'은 불가능한가*

'공원일몰제'의 시침이 째깍째깍 돌아가고 있다. 2020년 7월 1일이 되면 도시계획시설인 공원으로 지정되고도 공원 조성 사업이 진행되지 않은 곳은 지정 자체가 취소된다. 전국의 도시공원 결정 면적은 643제곱킬로미터인데 미조성면적은 약 516제곱킬로미터이나 된다. 사회적 여파가 워낙 큰 문제라 지금 논란이 한창 진행 중이다. 이 과정에서 공원의 존재 방식에 대한 다양한 의견이 나오고 있다. 지금까지 공원은 오직 공공 소유로만 여겨져왔다. 이제는 민간 소유이면서 공원의 공공적 기능을 유지하는 대안도 논의되고 있다.

해외 사례를 보자. 페일리공원은 미국 뉴욕 맨해튼 한복판의 작은 공원이다. 면적은 390제곱미터이지만 아마도 세계에서 면적 대비 가장 유명한 공원일 것이다. 이곳은 '미국에서 가장 성공적인 도시 공간'으로 평가받는다.

낮은 계단을 오르면 엄청난 폭포가 시야를 꽉 채운다. 시원한 물소리가 도시의 소음을 잠재운다. 바닥은 작은 돌로 포

---

* 2019년 6월 20일 중앙일보 기고.

페일리공원

장돼있고 나무들 사이에 이탈리아 디자이너 해리 베르토이아의 야외용 의자가 여러 개 놓여있다. 작지만 품격이 넘치는 곳이다.

놀랍게도 이 공원은 사유지다. 1967년 방송인이었던 윌리엄 페일리가 아버지를 기려 만든 곳으로 지금도 아들의 이름을 딴 재단의 소유다. 물론 순수한 개인적 미담으로만 볼 수는 없다. '사적 소유의 공공공간(POPS)'에 다양한 혜택을 주는 법령이 뉴욕에 도입된 것은 1961년이었다. 페일리공원도 그 덕분에 만들어진 많은 사례 중 하나다. 좋은 제도가 낳은 좋은 결과물이다.

또 다른 도시 소공원 사례는 같은 뉴욕의 '엘리자베스거리 정원(Elizabeth Street Garden)'이다. 페일리공원보다 주거지 공원의 성격이 훨씬 강하다. 면적은 4000제곱미터가 조금 넘는다. 토지는 뉴욕시가 소유하지만 특이하게도 한 시민단체가 임대해서 운영하고 있다. 지금 이 공원은 뜨거운 논란의 중심에 있다. 뉴욕시가 이곳에 저소득층 주거 시설을 지으려고 하기 때문이다. 양측의 대립은 소송으로 비화했다.

최근 필자가 방문했을 때 입구에는 '이 정원을 살려주세요.'라는 플래카드가 걸려있었다. 제법 넓은 공원의 내부는 사람들로 붐볐다. 여기저기에 오래된 조각들이 놓여있었는데 1991년에 이 공원을 만든 골동품상 앨런 리버(Allan Reiver)가 갖다놓은

엘리자베스거리공원 입구의 플래카드

것이었다. 마침 공원에서 그를 우연히 만날 수 있었는데 "뉴욕시가 공원을 없애려고 한다."며 분노했다. 공공 소유라도 공원의 미래를 보장하지는 못한다는 사실을 보여주는 사례다.

2017년 1월 24일 필자는 위기에 빠진 서울 종로구 '통의동 마을 마당'을 구하기 위해 《중앙일보》에 「공원은 시민의 공유지다」라는 글을 기고했다. 그 글에 등장했던 미국 코네티컷 주 '뉴헤이븐그린'은 수백 년 동안 시민 대표로 구성된 위원회가 소유해온 사유지 공원이었다. 그런데 이 공원을 둘러싸고 시청으로 소유권을 넘기라는 주장과 공공 기관을 믿을 수 있냐는 주장이 맞서고 있다. 물론 이곳이 앞으로도 영원히 공원일 것이라는 데 대해서 아무도 토를 달지 않는다.

이런 사례들은 현대 사회에서 공원의 성격이 얼마나 다양해지는지를 보여준다. 이제 소유의 주체만으로 공원의 운명이 결정되지 않는다는 사실을 받아들여야 한다. 논의의 핵심은 점점 더 사회적 합의 쪽으로 이동하고 있다. 이 모든 현상은 결국 공원이 사회에 존재하는 방식이 지금보다 훨씬 더 다양해진다는 것을 의미한다. 사회적 합의의 가능성이 커지고, 이를 법과 제도가 지원해야 공원의 미래가 있다. 공원지정지가 송두리째 사라질 수도 있는 공원일몰제 시행이 불과 1년 앞으로 성큼 다가왔다. 이것이 역설적으로 공원을 살리자는 논의의 본격적인 계기가 되기를 바란다.

마치는 글

베트남 전쟁 당시, 사이공 함락 당일 아침까지 각종 관공서는 정상적으로 일했다는 기록을 본 적이 있다. 이처럼 사회의 시스템은 발동이 걸리기가 어려워서 그렇지 일단 한 번 돌아가기 시작하면 끈질긴 관성을 갖고 움직인다. 그것이 시스템의 힘이고 그 존재의 이유이기도 하다. 마치 영화 「터미네이터」의 기계인간처럼 자기가 소멸하는 순간까지 애초 부여받은 임무를 계속 하는 것이다.

다 쓰고 보니 결국 이 책은 '시스템은 어떻게 작동되는가.'라는 질문에 대한 케이스 스터디 같은 느낌이다. 나와 공사모가 접했던 시스템은 크게 두 가지였다. 하나는 청와대였고 또 다른 하나는 서울시청이었다. 하나는 막 망가져가는 중이었으나 그럼에도 불구하고 그들이 하기로 한 일을 중단시키는 것은 불가능했다. 또 다른 하나는 처음에는 움직이려 들지 않았으나 일단 움직이기 시작하자 엄청난 돌파력을 보여주었다. 물론 언론이라는 또 다른 시스템의 존재도 빼놓을 수 없다.

통의동 마을마당은 서울시의 그 시스템적 우직함이 긍정적인 방향으로 작용한 경우다. 그러나 앞에 소개한 '동네 공원 수난사'에서처럼 그 저돌성이 정반대 방향으로 작동한 경우도 있다. 도시계획시설 지정 등 온갖 제도적 장치도 그 앞에서는 무력했다. 그래도 희망은 있다. 지난 2019년 2월 말 용산구청이 민간인에게 매각되었던 소공원 하나를 상당한 값을 주고 다시 매입하기로 했다는 소식이 있었다. 이제는 정말 세상이 달라진 것일까.

초기 과정에서 우리가 취했던 시스템적 접근, 즉 정식 경로를 밟아 민원을 제기한 것은 불발되었다. 반대로 비시스템적으로 접근한, 즉 광화문광장에 나가 서울시장을 직접 만난 것이 문제 해결의 계기가 되었다는 점은 매우 의미심장하다. 초기의 시스템적 접근이 통했더라면, 즉 정식 경로로 접수한 민원이 시스템적으로 잘 전달되어 문제가 해결되었다면 얼마나 더 근사했을까. 하지만 어쩌면 후자를 통해 문제가 해결되었기 때문에 이 책의 이야기 자체는 더 드라마틱해진 것인지도 모른다. 차라리 시스템이 잘 작동되어 덜 드라마틱해도 좋았을 이야기였다는 점에서 그것은 큰 아쉬움으로 남는다. 물론 좀 더 근본적으로는 대토와 관련된 그 이전 시스템의 문제가 모든 상황을 만들었지만 말이다.

이 세상에서 그동안 벌어져온 수많은 시스템적 오류와 그를 바로 잡기 위한 시민들의 치열한 투쟁을 생각해보면 우리가 한 일은 비교할 수 없을 정도로 미미했으며 운은 미안할 정도로 좋았다. 그래서 오히려 이런 기록을 남겨야 한다고 생각했다. 이런 일이 일어나면 반드시 누군가가 기록을 남긴다는 것을 세상에 보여주고 싶었다. 물론 한계는 있다. 최선을 다해 객관적으로 쓰려고 했으나 이것은 역시 나의 입장에서 정리한 기록일 수밖에 없다. 기본적 사실 관계는 어느 정도 정확하다고 생각하지만, 세부적으로 들어가면 각자의 기억과 느낌은 모두 다를 것이다. 개개인의 프라이버시를 존중해야 하는 문제로부터도 결코 자유로울 수 없다. 부당하게 타인을 비난할 수도 없다. 당시 상황에 대한 다른 의견이나 기억이 있다면 얼마든지 듣고 싶다. 이 책에 언급되지 않은 분들의, 보이지 않는 곳에서의 기여가 분명히 있을 것이다. 미처 다 챙기고 기록하지 못하는 것이 아쉽고 죄송하지만, 오히려 이 책이 계기가 되어 훗날 더 많은 이야기들이 발굴되기를 기대한다.

이 글은 분노의 기록이다. 분노가 아니었더라면 이 책에서 다루고 있는 여러 일들을 하지 않았을 것이다. 그러나 격렬한 표현이나 타인에 대한 맹렬한 비난 같은 것은 이 글에서 별로 찾아볼 수 없을 것이다. 분노는 자신을 드러내지 않고 행간에 숨어있다. 끈질기게 추적하여 사실 관계를 정확히 밝히는 것, 그리고 원하는 목표를 이루기 위해 지속적으로 행동했던 것이 그 분노의 실체다. 존재하지만 드러나지 않는 분노, 그것이 야말로 이 책에 등장하는 나를 비롯한 많은 사람들을 움직이게 한 연료였다.

그러나 그 연료는 오래 쓰지 않아야 할 것이었다. 분노란, 이를테면 나쁜 연료다. 분노로 일단 엔진에 시동을 걸 수는 있다. 그러나 나쁜 연료는 결국 엔진을 망가트릴 것이다. 결국 좋은 연료로 빨리 바꿀 필요가 있었다. 분노로 시작했지만 빨리 다른 긍정적인 가치로 전환하고 그것을 새로운 연료로 삼아야 했다. 분노로 시작된 일을 추진하면서 그 분노에 우리 자신이 파괴되지 않도록 새로운 방향을 찾아가는 것, 돌아보건데 그것이 가장 힘들고 어려운 일이었다. 깨어있는 대한민국의 시민들이 아니었으면 그것은 불가능한 일이었다. 그 새로운 방향이란 결국 우리에게 공원이란 무엇이며 그것은 왜 소중한가라는 질문을 계속해서 이 사회에 던지는 것이었다고 믿는다.

개인적으로 이 일은 나에게 건축가로서 대표작 두어 개를 할 정도의 시간과 노력을 빼앗아가버렸다. 이제 지나가버린 일이라 어쩔 수도 없다. 이제 다시 나의 생업으로, 개인의 일상으로 돌아갈 수 있어서 더없이 기쁘다. 물론 넓은 의미에서 공원의 소중함을 전파하는 일에는 앞으로도 계속 힘을 보태려고 한다.

아내 고현주를 포함해서 그동안 도움과 격려를 아끼지 않은 모든 가족, 친구, 지인들은 물론, 사유지가 된 공원을 다시 매입하는 어려운 결정을 실천에 옮긴 서울시청을 포함한 관련 공공기관에게 감사의 인사를 전한다. 전작인 『가장 도시적인 삶』에 이어 두 번째로 함께 작업하게 된 민음사출판그룹의 반비 역시 감사를 드려야 할 대상이다. 이 일과 관련된 보람과 기쁨을 그동안 함께한 모든 분들과 나누고 싶다.

2019년 10월 7일
통의동 마을마당 옆 목련원에서
황두진

부록❶ 공사모 회원 명단

2019년 현재 공사모 단톡방 및 페이스북 그룹에 남아 있는 분들과 그외 공사모라는 이름으로 활동하셨던 분들로서 탈퇴 의사가 분명했던 분들은 제외했다. 가나다 및 알파벳 순.

강인숙, 강임산, 고현주, 김도훈, 김기재, 김미경, 김민수, 김상무, 김성준, 김연금, 김영빈, 김원, 김원정 루치아, 김정윤, 김재미니, 김재왕, 김종신, 김주원, 김태권, 김한울, 김현국, 나창호, 노지현, 박민영, 박성태, 박은정, 박희선, 박희정, 백명선, 백승호, 설재우, 손병호, 송승환, 신민재, 신혜원, 안지원, 안효진, 양순열, 엄혜숙, 염상훈, 유희재, 윤양미, 이관직, 이동재, 이미경, 이여빈, 이영범, 이원재, 이지은, 이지홍, 이태겸, 이향아, 임동우, 임진수, 임진영, 장응복, 장지웅(사망), 전은호, 전한준, 정권구, 정대련, 정리나, 정병익(사망), 정진영, 지정우, 최광호, 최범찬, 최성우, 최윤희, 최정선, 최정훈, 최한솔, 한삼순, 한정훈, 허진호, 현은미, 황동욱, 황두진, 황지은, Robert Fouser, Carol Lee, Sophie Lee.

2016년 11월 25일 동아일보

도시의 '작은 허파'들 (노지현 기자)

http://news.donga.com/List/3/0305/20161125/81513794/1

2016년 12월 14일 동아일보

경호건물 사려고, 20년 된 서촌 마을공원

팔아버린 청와대 (노지현 기자)

http://news.donga.com/BestClickIlbo/3/all/20161214/81825569/1

2017년 1월 2일 문화유산신문

궁정동 칠궁(七宮) 근처 '통의동 마을마당'의 존폐

위기 (김영관 칼럼)

http://www.kchn.kr/column/?q=YTozOntzOjEyOiJrZXl3b3JkJkX3R5cGUiO3M
6MzoiYWxsIjtzOjc6ImtleXdvcmQiO3M6MTY6Iuq5gOyYgeq0gCDsubzrn7wiO
3M6NDoicGFnZSI7aToyO30%3D&bmode=view&idx=1865710&t=board

2017년 1월 23일 환경과조경

20년 된 마을마당 팔아버린 청와대…… 주민

반대에도 '매각 강행' (나창호 기자)

https://www.lak.co.kr/news/boardview.php?id=1407

2017년 1월 24일 중앙일보

공원은 시민의 공유지다 (황두진 기고문)

https://news.joins.com/article/21167117

2017년 5월 2일 한겨레신문

청와대 옆에 사람이 살고 있다 (권인숙 기고문)

http://www.hani.co.kr/arti/opinion/column/793214.html

2017년 5월 16일 한겨레신문

우여곡절 '통의동 마을마당' 다시 시민 품으로

(남은주 기자)

http://www.hani.co.kr/arti/PRINT/794991.html

2017년 5월 20일 월간중앙

대통령 집무실 이전의 미래 청와대 주변에 희망 바람 불까 (박성현 기자)

https://news.joins.com/article/21590034

2017년 6월 12일 환경과조경 (나창호 기자)

"마을의 보물 소공원을 지켜라…… 통의동 마을마당 매입 추진"

https://www.lak.co.kr/news/boardview.php?id=2384

2017년 6월호 에스콰이어

어느 작은 공원 이야기 (박찬용 에디터)

http://esquirekorea.co.kr/vibe/%EC%96%B4%EB%8A%90-
%EC%9E%91%EC%9D%80-%EA%B3%B5%EC%9B%90-
%EC%9D%B4%EC%95%BC%EA%B8%B0/

2017년 10월 29일 환경과조경

동네 공원 지키기 (황두진 기고문)

https://www.lak.co.kr/news/boardview.php?id=3226&ca_id=kzinsnxke

2018년 1월 16일 환경과조경

'통의동 마을마당' 주민 품으로…… "공원,
함부로 건드리면 안돼"(나창호 기자)

https://www.lak.co.kr/news/boardview.php?id=3784

2018년 4월 18일 서울경제

市의회 반대에도…… '친일파 후손 땅' 사겠다는
서울시 (이종혁 기자)

https://www.sedaily.com/NewsView/1RYAZ72D5Y?OutLink=kkonews

2019년 3월 5일 중앙일보

그 공원을 누가 팔았나 (한은화 기자)

https://news.joins.com/article/23401625

2019년 6월 20일 중앙일보

'민간 소유의 공공 공원'은 불가능한가
(황두진 기고문)

https://news.joins.com/article/23501472

부록 ❸ 통의동 마을마당 연표

현 주소: 서울특별시 종로구 통의동 7-3번지
면적: 419.4제곱미터

조선 시대	관상감, 대루원, 의금부 직방 등 영추문 서쪽의 관청 터로 추정 추사 김정희 집터도 일부 포함 추정
1396.04	한성부 북부 10방 의통방의 일부
1580	정철의 「관동별곡」에 영추문(연추문) 등장
1592	임진왜란으로 영추문 소실
1865~1868	경복궁 중건 관상감이 이 터로 이전
1894	갑오개혁 의통방을 통의방으로 명칭 변경
1895 하반기	장동소학교, 매동의 구 관상감 터(공원 터)로 이전
1896.02.11	아관파천, 고종이 장동소학교 앞을 지나갔을 것으로 추정
1905.03	와다 유지, 관상소 및 매동의 '부속건물' 방문
1906	장동소학교, 교사 신축
1909	장동소학교, 매동공립보통학교로 명칭 변경

일제강점기	
1913	매동공립보통학교, 1년제 매동간이상업학교 부설
1914.04.01	경기도 고시 제7호에 의거하여 매동 등 인근 지역에 통의동으로 바뀜

1920년대~ 1960년대 (추정)	7-3번지, 이 기간 어느 때 쯤 개성 출신 건설업자 마종유의 집이었다는 설
1923.10.26	「경복궁을 중심으로 일본인의 북점」 기사 《동아일보》에 실림
1926	조선총독부 완공
1926.04.27	영추문, 석축 붕괴로 철거
1927.02	「경성도시계획자료조사서」에 의하면 매동공립보통학교 교지 총면적 1005.73평이라 고시
1933	매동공립보통학교, 필운동으로 이전
1936.04.01	통의동, 통의정으로 행정구역 상 명칭 변경
1936	7-3번지, 지도「대경성부대관」에 공터로 표기 인근에 보안여관 신축

해방 후~마을마당 조성

1945	해방 당시 한국인 경영 건설사 임공무소, 마공무소, 오공무소 셋 뿐
1950.01.31	7-3번지, 분할되어 본번에 -29 내지 -33 부함
1954	7-3번지, 마종유의 마공무소로 등기 경복궁 일대 항공사진 촬영 기록(임인식 촬영)
1959.01.16	7-3번지, 마종유에서 이순희에게 소유권 이전(마종유가 전세로 계속 살았을 가능성)
1960.04.19	4·19혁명으로 효자로에서 다수의 사상자 발생
1961.05.16	5·16 혁명으로 집 앞에 탱크가 지나가는 것에 격분한 마종유, 은평구 99-2번지로 이사 결심

1962.09.05	7-3번지, 임대철에게 소유권 이전
1965	경복궁 일대 항공사진 촬영(임인식 촬영 추정)
1967	경기도청, 수원으로 이전
1966.07.24	삼청동 145-20번지, 축대 붕괴 사건으로 마종유 은퇴 결심
1974.12.05	7-3번지, 코오롱엔터프라이스주식회사로 소유권 이전
1975	경복궁 영추문 복원(원래 자리에서 30미터 북쪽으로 이전)
1978.05.01	7-3번지, 영등포구 동양양판공업주식회사 소유권 이전
1981.06.22	7-3번지, 보령 성주광업주식회사로 소유권 이전
1986.12.27	7-3, 서울시로 소유권 이전
1996.08.06	「마을마당 조성 기본 및 실시설계」 발간(신화컨설팅 회사)
1996.08	서울시, 마을마당 조성

1차 공원대란

2007	삼청장(삼청동 145-20번지), 친일반민족행위자 재산조사위, 국고로 환수 / 세금체납
2009.02	삼청장, 공매로 낙찰
2010.05.07	7-3번지, 분할되어 7제곱미터를 7-45에 이기
2010.06.08	7-3번지, 청와대 대통령실과 교환(대토)
2010.10	제1차 공원대란 발발
2010.10.07	황두진, 국민신문고에 민원 제기
2010.10.12	공원녹지과 답변
2011.02.11	삼청장과 통의동 마을마당 대토

2011.03.10	황두진, 팸플릿 돌림
2011.03.11	장지웅, 국민신문고에 민원 제기
2011.04.07	장지웅 민원에 대한 경찰청 답변 제1차 공원대란 종료

2차 공원대란
2016

2013.03.23	7-3번지, 대통령경호실로 관리청 변경
2015.07.24-25	박근혜, 삼청장에서 7개 그룹 회장단 접견. (미르와 K스포츠)
2016 하반기	경복궁 서측 지구단위 계획에서 현 마을마당 상태 유지 포함
2016.10.21	황두진, 시드니에서 민간매각설 전달 받음
2016.10 하순	민간매각설 확산 / 제2차 공원대란 발발
2016.10.26	황두진, 국민신문고에 1차 민원 제기
2016.10.28	경찰청 답변 / 황두진, 국민신문고에 2차 민원 제기
2016.10.29	1차 촛불집회
2016.11.05	2차 촛불집회
2016.11.07	공원녹지과 답변 / 제2차 공사모 단체카톡방 개설
2016.11.12	3차 촛불집회
2016.11.18	공원녹지과 방문, 정세균 위원 지역구 사무실 방문
2016.11.19	4차 촛불집회 (효자로 진출) 이 무렵 전기 공급 중단
2016.11.25	대통령 경호실에 민원 제기 /《동아일보》1차 기사(노지현 기자) 실림

2016.11.26	5차 촛불집회
2016.12.03	6차 촛불집회 (정부 수립 이후 최대 규모)
2016.12.06	소문의 진원지인 인근 부동산 방문
2016.12.08	주민대책회의(정림건축문화재단)
2016.12.09	박근혜 탄핵 국회 의결
2016.12.10	7차 촛불집회 유인물 비치/현수막 설치 등기부 등본에 '신청사건처리중' 표시
2016.121.2	시민들, 포스트잇 메시지를 남기기 시작
2016.12.14	《동아일보》2차 기사 (노지현 기자) 실림 등기부 등본 소유권 이전
2016.12.15	서울시장 면담 요청, 거절 답변 '안타까우나……'
2016.12.17	8차 촛불집회
2016.12.20	주민대책회의
2016.12.23	무인 서명대 설치
2016.12.24	9차 촛불집회 황두진, 세브란스병원 입원
2016.12.26	김영종 종로구청장 면담
2016.12.27	KBS 「시청자 칼럼, 우리 사는 세상」 촬영
2016.12.28	광화문광장에서 박원순 서울시장 기습 면담 문치웅 비서관에게 관련 자료 전달
2016.12.30	오다연 변호사, 7-3번지와 삼청동 145-32번지 공시지가 비교
2016.12.31	10차 촛불집회 (누적 인원 1000만 명 돌파) 서명 300명 돌파

2차 공원대란
2017

2017.01.05	공공기관장 7인에게 탄원서 제출
	언론 기관에 보도자료 발송
2017.01.07	11차 촛불집회
	'촛불공원' 행사
2017.01.14	12차 촛불집회
	'시민달리기대회' / 미러볼 행사
2017.01.16	서울시, 탄원서 답변 "당사자 간에 논의되어야……."
2017.01.17	종로구청 공원녹지과, 통의동 마을마당 방문
	보안여관에서 또 다른 미러볼 빌려옴
2017.01.20	티브로드, 통의동 마을마당 촬영
2017.01.21	13차 촛불집회
2017.01.23	티브로드, 최정훈, 정권구 인터뷰
	종로구청 공원녹지과 방문
	삼청동 안가 일대 공공기록 조사
2017.01.24	황두진, 《중앙일보》 기고문 「공원은 시민의 공유지다」 게재
	남재경 의원과 서울시 공원녹지과 방문
	국회사무처, "불수리 사항" 답변
2017.01.26	양순열 작가 「호모 사피엔스」 설치
2017.01.30	서울시 의원 우창윤 방문
2017.01.31	종로구청 답변 "우리 구에서 한계가……."
2017.02	통의동 마을마당, 포켓몬 출현 확인
2017.02.01	거동 수상자 간첩신고/감사원 답변
2017.02.03	자체 LED 조명 설치

2017.02.04	14차 촛불집회
2017.02.08	KBS「시청자 칼럼, 우리 사는 세상」방송
2017.02.09	가로등, 다시 작동
2017.02.11	15차 촛불집회
2017.02.17	서명 1000명 돌파
2017.02.18	16차 촛불집회
2017.02.20	서울시 내부 간담회 문건 유출
2017.02.25	17차 촛불집회
2017.02.28	티팟,「서울의 공평한 뜰을 지켜주세요」 「리퍼블릭」포럼
2017.03.01	18차 촛불집회
2017.03.04	19차 촛불집회 (누적 1500만 명) 책 읽기
2017.03.10	헌법재판소, 박근혜 파면
2017.03.11	20차 촛불집회 황건 만남
2017.03.12	박근혜, 파면으로 청와대 떠남
2017.03.18	공원 청소
2017.03.25	21차 촛불집회 책 읽기
2017.04.04	법무법인 헤리티지(최재천 변호사)의 법적 검토 결과보고서
2017.04.15	22차 촛불집회
2017.04.25	각 정당에게 입장 표명 요구

2017.04.29	23차 촛불집회 책 읽기 행사/서명대 손질/호소문 재설치
2017.05.10	문재인 대통령 취임
2017.05.16	《한겨레신문》 기사 (남은주 기자) 실림
2017.05.20	제46회 '박사의 책 듣는 밤' 행사 개최
2017.06	《에스콰이어》 기사 (박찬용 기자) 실림
2017.06.11	박원순 서울시장 방문
2017.07.04	의자 4개 비치
2017.08.07	서명대 교체
2017.09.05	캐스린 구스타프슨 방문
2017.09.06	헬렌 로키드 방문
2017.10.29	황두진, 《환경과 조경》 기고문 「동네 공원 지키기」 게재
2017.11.06	노숙자가 정자에 비닐 설치, 후에 미국 대통령 트럼프 방문으로 철거
2차 공원대란 2018~2019	
2018.01.07	박원순 서울시장, 예산 관철 의지 문자
2018.01.15	서울시 의회, '통의동 마을마당 조성' 예산 통과
2018.02.01	공원녹지과 요청으로 「호모 사피엔스」, 서명대, 현수막 등 철거
2018.04.12	도시계획시설(공공공지) 지정을 위한 열람공고
2018.04.18	《서울경제》 기사(이종혁 기자) 실림
2018.05.01	도시계획시설 '공공용지' 지정
2018.06.13	전국동시지방선거

2018.08	공원녹지과, 통의동 마을마당 소유주에게 감정평가액 전달
2018.10.25	조성사업을 위한 주민설명회 개최(사직동 주민센터)
2018.10.31	조성사업을 위한 현장설명회 개최(통의동 마을마당)
2019.02.15	소유권 다시 서울시로 이전/제2차 공원대란 종료
2019.10	재조성 공사 진행 중

공원 사수 대작전

통의동 마을마당을 구해낸
사람들의 기록

1판 1쇄 찍음 2019년 10월 15일
1판 1쇄 펴냄 2019년 10월 25일

지은이   황두진
펴낸이   박상준

편집인   김희진
편집   강혜란, 최예원
펴낸곳   반비

출판등록 1997.3.24(제16-1444호)
(우)06027 서울특별시 강남구 도산대로1길 62
대표전화 515-2000, 팩시밀리 515-2007
편집부 517-4263, 팩시밀리 514-2329

글, 사진 ⓒ황두진, 2019. Printed in Seoul, Korea.
ISBN 979-11-89198-98-5 (03810)

반비는 민음사 출판그룹의 인문 · 교양 브랜드입니다.